U0088290

我家ノ
也有狗英雄

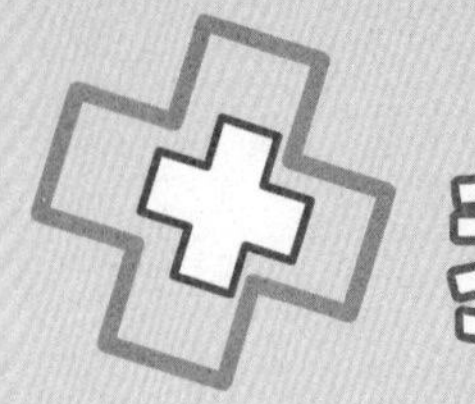

我家也有狗英雄

目錄

第一章 許家三姐弟

地震發生時，佳永反應靈敏，迅速丟下手邊的作業，撲向一雙弟弟妹妹，將他們抓進懷中，俐落的拖到餐桌下躲好。

緊抱著他們的姿勢，莫名的好像在抓小狗。佳永突然想到熱門的山中競賽又要到了，他們家很久沒養動物了，當然和比賽無緣，但若是想知道怎麼當一個好姊姊，問她就對了。

她今年十三歲，許家三姊弟之中的老大，山城實驗學校學生，長相清秀、身材高挑、腦袋機靈、身手矯健……，跟同學們相比，她擁有的各種條件都可說是令人羨慕的，只除了一點以外……唉，她的爸媽長年不在家。

許家雙親是無國界醫生，將三個孩子託付給許家爺爺後，從此獻身世界各地的戰禍災區，長年旅居海外工作。從佳永有記憶開始，她就看著爸媽提著行李箱的背影長大。每次爸媽臨走前，總是會再三提醒她，要乖乖聽爺爺的話，當一個好姊姊，好好照顧弟弟妹妹，做弟弟妹妹的榜樣。

在摸索當好個榜樣的日子裡，不知不覺間，在這座極具特色的小山城中，她已經成長為一個剽悍的山中孩子王，帶著弟弟妹妹叱吒學校同儕間，受到各年齡層的注目和尊重。

第一章　許家三姐弟

關於打架，其實她並沒有特別喜歡，只是山裡嘛，幾乎小夥伴們都是從小一起長大的熟面孔，玩伴間互相爭個地盤、搶個玩具，一言不合，難免需要活動活動筋骨，抒發抒發壓力，在彎曲的山路上適當地追打跑鬧，也算是另類的玩樂方式。她還因此成了山路通，熟悉各條山中小道，練就一身攀岩爬樹的好本領呢。

即使幹練如她，習慣了姊代親職的佳永，偶而也會感到寂寞。

當她蹲廁所或洗澡，默默想念父母時，她最常想起的，還是每次父母離開前，都會對她耳提面命的那句話：『要當弟弟妹妹的榜樣』。

對她來說，追求夢想的父母如此自信耀眼，父母是她的榜樣，可是她要怎麼當弟弟妹妹的榜樣呢？

像母雞抓小雞一樣，緊壓著弟弟妹妹滑稽地趴在桌下躲地震，算是好榜樣嗎？

關於做個好榜樣的方法，剛開始她還懵懵懂懂，但逐漸地，還是讓她找到了技巧。

她發現要當榜樣，就一定要能被看見，所以她不管到哪都帶著弟弟妹妹，讓他們隨時都能看見她，她也看的見他們。另外呢，她事事以弟弟妹妹為主，將他們照顧地無微不至，這樣應該就算及格了吧？

所以她大略知道怎麼成為一個好姊姊，畢竟她有兩個全天下最可愛的弟弟和妹妹，但除此之外的事，她就不太清楚了。

比如說，為何這片土地常地震？就跟為何有人養豬當寵物一樣，她實在沒概念。

又或者說，為何對面明明是青梅竹馬的鄰居，長大了卻常找他們麻煩？她也沒概念。只能兵來將擋，水來土淹，將自己訓練成打架好手，也算是有解決問題了。

桌椅的晃動逐漸勢緩，晃著晃著，地震總算停了。

佳永迅速掃描了家中，鍋碗瓢盆一個也沒破，屋頂也沒塌下來，弟弟妹妹毫髮無傷，她這才鬆了一口氣，放鬆了手臂的力量。

「姊姊，會痛啦。」妹妹佳煦甩開壓在她頭上的手，掙扎著爬出桌下，揮舞著手上玩到一半的玩偶抗議。「妳每次都小題大作，地震不是常有嗎？一下就過去了啦。」

第一章　許家三姐弟

佳永聳聳肩，跟著爬出來。「小心為上，妳怎麼知道不會有東西砸下來？」

「對啊，本來就應該躲到桌下。」弟弟佳瑾贊同的推推眼鏡，口氣老成的說：「佳煦，妳太粗心了，而且這個模型裝反了。」佳瑾一爬出避難所，馬上繼續原本的作業。「妳看，妳做的這隻狗，根本就站不起來嘛。」

他們正在幫佳煦的藝術課作業趕工，但佳煦本人卻大剌剌的在偷懶。

排行最小的妹妹佳煦，人如其名，個性活潑外向，好像明亮的陽光，但卻滿腦子古靈精怪的想法。只見她將幾個玩具人偶大卸八塊，重新組裝成怪異的『戰士』，自己一個人入迷地玩著摔角遊戲。

「上啊，打爆他的頭。」

「衝啊，看我的旋風飛踢。」

「啊，我不行了……不行……我要撐下去……我要活著見那位英雄最後一面……啊，不要過來！」

佳永適時伸手撥開飛過來的玩偶零件，保護專心接電線的佳瑾，沒讓他的頭被砸破。

在那激烈的單人格鬥旁，擺著一座紙做的模型，模型的底座是紙捲疊起的山坡，坡上還有用瓦楞紙畫的建築物，歪斜地癱倒在坡上。山坡頂端，有隻用黑色紙板摺成的小狗昂然而立……的滑下紙捲山坡，就跟佳瑾說的一樣，站不起來呢。

這是佳煦花了好幾天才勉強趕完的紙雕，成品卻粗糙到連主角小黑狗都站不穩，佳永和佳瑾只好幫忙做補強和裝飾。

十一歲的佳瑾皮膚粉嫩，細心體貼又擅長手工，深受鄰居大嬸們喜愛，也是各項家事和作業的最佳幫手，聰明到她這個姊姊都有點汗顏的地步。

「姊，這個燈不能纏這麼大團啦。」小小的臉嘟著嘴，不滿的說。「妳這樣亂纏，看起來有夠醜的，還把題目擋住了。」

佳永趕緊挪開自以為有創意的電線團，將主題好好展露出來。

在山坡頂端，有塊用粗黑的簽字筆寫著『救難犬發威』的紙板。

許多年前，山裡曾經發生過山難，那時，出現了一隻救了許多人的救難犬，為了紀念牠，學校每年都會要學生做作業，而山城也熱衷紀念這隻狗，於是定期舉辦山路競賽，讓一群人帶著自己的夥伴動物，盡可能在山中跑來

跑去，跑的最快、最熟山區的人就得勝。

當佳瑾把裝飾的電線接上電後，重心不太平穩的小黑狗在閃閃發光的燈泡中，英姿颯爽地……滑下紙捲山坡。

佳永趕緊伸手接住小狗，卻折斷了紙做小狗的腿，她驚訝地瞪著那纖細的紙片，她沒出多大的力氣啊，怎麼一扳就斷了？

「姊姊，妳不要幫倒忙啦！」佳煦趕緊將模型搶了回來。

「用這個重新接上去吧。」

佳瑾拿出保麗龍膠，與佳煦合作，兩人默契十足，七手八腳地重新安裝起模型。

佳永落寞地收回手，放棄了幫倒忙。

欸……是的，文武雙全的她，弟弟妹妹們最信賴的大姊，備受鄰居叔叔阿姨們信賴的好女孩，同學眼中的地下山大王，唯一不中用的地方，就是笨手笨腳，神經大條。

想到這裡，佳永的頭更低了。

她是好姊姊……沒……沒錯吧？

沒……沒關係，手工做不好事小，佳永顫抖地忽視自己那有點受傷的小小自尊。

做一個好姊姊，最重要的是能保護弟弟妹妹的安全。在這連養隻豬都能成名，各路英雄好漢臥虎藏龍，極具特色的山城中，最能危及弟弟妹妹安全的，莫過於住在對面的竹馬冤家王利新了。

因為父母長年不在家的關係，鄰居們都對他們愛護有佳，或許因此，某些孩子們反而嫉妒起他們來，尤其是住在對面，個子矮小的王利新。

佳永原以為，利新的爸爸也長年在外工作，作為同樣是爸爸不在家的夥伴，可以互相照應，沒想到利新卻挺不屑這層關係的，甚至是看不慣許家姊弟情深，三不五時就會過來『串門子』。

有時，利新帶著他那隻訓練有素的狼犬阿旺散步時，或許朝他們家院子丟石頭，或許亂摘院子裡的盆栽花木。在學校裡，則經常惡整同班的佳永，只要找到機會就落井下石，用一切手段抹黑攻擊她，讓佳永見了利新就反感，更是努力護著弟弟妹妹，不讓利新逮到機會欺負他們。

利新還有兩個夥伴，一個又高又壯，綽號叫黑熊，另一個又矮又胖，人

第一章　許家三姐弟

稱森鼠，矮小的利新經常被他倆夾在中間，顯得更加瘦小。

利新和他的夥伴們，在學校被稱作競賽三人組，是個比任何學生都要來的沉迷山路競賽的小團體。事實上，那三人隨時隨地都聚在一起，比親兄弟還要親密的研究競賽的各種技巧，維持衛冕冠軍是那三人的共同目標。

雖然努力避開利新，但畢竟同住一村，加上回家路線大致相同，也都走路上學，有時實在避不開，如果不幸遇上了三人組，那天的放學就得要有活動筋骨的準備了。

像現在，她牽著佳煦，帶著佳瑾，悠悠哉哉的沿著蒼鬱的山間小路，準備繞過城裡唯一的診所——養了一隻豬當寵物的林阿婆家，沿著人煙稀少的小路閒晃回家時，蜿蜒的小路還沒過彎，就聽見死對頭的聲音傳來。

「把牠的腳綁起來。」

「看牠能爬多遠，如果超過十公尺，那就中大獎了。」

「喂，這傢伙也太會掙扎了吧？快點壓住牠！」

綁起來？掙扎？競賽三人組到底在折磨什麼東西？

佳永來不及阻止，熱血又極富正義感的佳煦就掙脫了她的手，一馬當先衝了出去，責任感重的佳瑾當然趕緊跟上，佳永連試著帶他們繞路的機會都沒有，就被行動力高超的弟弟妹妹拋下了，她嘆了口氣，無奈的也跟了上去。

只見診所的百年老樹旁，三個高矮不一、穿著同校制服的男孩圍著一團黑的發亮、狂亂掙扎的小動物打轉。

黑熊一手用力壓住了小動物亂踢的腿，一手抓住牠的脖子，森鼠兩手並用，壓住不斷咬合的嘴，讓那小小的尖牙無法反擊。而利新本人則拿了一條打了結的布繩，準備套到小動物的腿上。

「住手！」佳煦衝了過去中，一頭撞上黑熊。

黑熊被突來的頭槌撞的不穩，跌了個四腳朝天，還連帶壓倒森鼠。

黑色小動物趕緊抓住機會，奮力一扭，從利新手中逃了出來，一溜煙鑽進了樹叢中，眼見就要消失在眾人面前，王利新眼明手快，一個箭步上前俐落擒住了那幼小的身體，再次收入囊中。

「許佳永！」看到黑熊和森鼠雙雙躺在地上，王利新咬牙切齒地瞪視著她。「妳又來找碴！」

唉，到底是誰找誰碴啊？

第一章　許家三姐弟

佳永緊緊護住佳煦，不讓黑熊找她麻煩。

她氣憤地回想到，前天上課時，利新故意打翻她的水壺，害她被老師罰站；昨天打掃時，利新故意弄倒垃圾，害她收拾了老半天；今天只是碰巧遇上，利新卻一副好像是她帶著弟弟妹妹來打攪他的好事，如果她有寫上名字就可以殺人的死亡筆記本，佳永第一個就寫上王利新三個大字，並附註讓他死在山崩亂石中，永世不得超生。

「妳這弟弟妹妹控，一天到晚黏著兩個小鬼，噁不噁心啊？」

雖然被汙衊了，但佳永的嘴角卻突然止不住地微笑起來。她剛剛發現，這是老天爺送給她的禮物啊！

模型作業結束後的這幾天，她都沒能展現好姊姊的氣魄，沒想到現在竟然有機會扳回一城，重新成為弟弟妹妹的好榜樣。

剛剛還想著多一事不如少一事，佳永現在卻是摩拳擦掌，蓄勢待發。

她用眼神示意寶貝弟弟妹妹們退下。

等確認倆人都退到安全範圍後，她雙手握拳，活動了活動手指關節，將指關節扳的咯咯作響，又轉轉脖子，確定筋骨活絡，佳永目露精光，判斷著距離與環境。

眼前的大樹、後方的藤蔓、右前方的小窟窿、左後方大石上的青苔，都是她可以利用的素材。

森鼠和黑熊看到佳永算計著的微笑和伸展，兩人背脊發寒，趕緊站穩腳步，架好姿勢，準備迎戰。

他們和佳永雖然從小打到大，從國小打到國中，卻鮮少贏過，頂多打個平手。原以為上了國中，長的比許佳永高了，肌肉更壯了，肯定可以打的她哭著回家找爺爺，卻還是十打九敗，原因就是敵不過佳永俐落的拳腳，以及善用地形的靈活腦袋，再加上她隨身攜帶的兩個祕密武器。

他們不是打不過她，而是難得碰到她一根指頭。

利新心裡很清楚，比起弟弟妹妹控的名號，佳永更是名符其實的地下老大，既熟悉山路地勢，在學校又有人望，他盡可能讓她在學校出糗，卻從沒動搖過她的人氣。而她愛護弟弟妹妹的美名，更是讓佳永備受城中長輩喜愛，這偏偏卻是利新最恨她的地方。

他憤恨地想到，如果能讓佳永參加山路競賽，身為常勝冠軍的他，一定

第一章　許家三姐弟

能在競賽場重挫她的銳氣，以消多年的心頭之恨。

各據一方的雙方互相瞪視著，頗有電影中武林高手決鬥前的緊張氣氛。

一滴汗流過黑熊眼前，他舉手揮掉，就那一瞬間，佳永已逮到機會，助跑踩上大樹，騰空飛起，長腿不偏不倚踹向黑熊的胸口，黑熊奮力舉手抵擋，佳永又靈巧轉身，借力使力，迅速補上迴旋踢，黑熊被踢得節節敗退，終於一腳踩上小窟窿，重心不穩地摔進了藤蔓叢裡。

將難纏高壯的黑熊困在藤蔓中後，佳永又轉身對付矮胖的森鼠。

森鼠雖胖，卻很靈巧，左閃右閃，輕鬆將佳永的攻擊都閃掉，正當他以為逮到機會可以狠揍佳永一拳時，卻整個人踩上大石上的青苔，滑了一大跤，跌了個狗吃屎。

眼見好友接連被打倒，許佳永卻還好整以暇的站著，利新一臉掙扎，終於決定退到險峻的山坡邊，手掐著小黑狗的後頸，任那小小肥肥的短腿就這麼懸空亂踢，小狗發出陣陣嗚咽的可憐哀號，利新毫不動搖，似乎準備將小狗給扔下山坡。

這招果然有效，原本站在安全範圍外的佳煦忍不住尖叫起來衝上前想救下小狗，狼狽爬起的森鼠伸手想拉住佳煦，佳瑾眼明手快，向他丟出好幾顆小石頭，紛紛命中森鼠的手指和臉頰，痛得他趕緊收手。

佳永無奈地想，這或許就是她能成為地下老大的真正原因。雖然每次她都要弟弟妹妹好好躲在後面，但那兩個活潑的小孩，根本不可能好好聽姊姊的命令，總是在危急時跳出來助她一臂之力，還被人戲稱是她的祕密武器。

「妳再過來，我就把這隻狗丟下去。」利新不再猶豫，出言恐嚇。

佳煦緊急剎車，待在原地不敢動了。

原本已經跑到距離利新一步之遙的佳永，也只得乖乖停下，眼看黑熊和森鼠都重新振作了起來，一臉不甘的慢慢靠了過來，看來是打算和利新會合後，想辦法一同撤退。

就在雙方僵持不下時，腳下一陣晃動，山靜靜顫抖了起來。

站在山坡邊的利新分了心，佳永把握機會大步邁上前，狠狠揍上利新還算清秀的臉，順勢將他打離危險的山坡邊，還趁勢搶下小狗，總算解除了小狗危機。

第一章　許家三姐弟

這地震來的快也去的快，一轉眼競賽三人組又打輸了。

「許佳永，」利新恨恨地摸著發疼的嘴角，從地上爬了起來。「那是我們撿到的狗。」

「你們在虐待動物！」佳煦大聲的指控。

「我們沒有虐待牠。」利新不滿的解釋：「我們在測試牠夠不夠強壯，打算訓練牠參賽，是你們打斷了我們。」

「那阿旺怎麼辦？牠年紀大了就要拋棄牠嗎？」

利新和搭檔狼犬阿旺已經連奪三年的冠軍，加上黑熊和森鼠的協助，至今還無人能打敗他們的連勝紀錄。

「才不會拋棄阿旺咧，就是要讓阿旺好好休息了，我們才打算訓練新的小狗啊。」利新不悅的反駁。

「可是你剛才明明要把牠丟到山腳下，小狗摔死了怎麼訓練？」佳瑾冷靜地提出矛盾。

「佳瑾說的對，」佳永嚴肅的說：「你剛剛要把小狗丟掉，已經不能說那是你的狗了，現在我撿到了，所以是我的狗。」

「妳的狗？」利新滿臉嫌惡。「妳養狗做什麼？妳又不參加競賽，難道妳現在改口參賽了嗎？真沒原則，果然就是個叛徒。」

「姊姊才不是叛徒！」佳煦不懂為何王利新老是這樣說姊姊，但她當仁不讓地大聲抗議。

「我們現在打算養一隻了。」佳永早已經學會不去理會利新的酸言酸語了。

「那隻狗很強壯，也夠聰明，給妳當看門狗養只是浪費，還是妳真的打算訓練牠參賽？」

「對啊，許佳永，」黑熊摀著胸口，痛苦地接著說：「妳後來都不參賽了，城裡的小孩，家裡有養狗的都會參加，如果妳要養，妳就也參賽，好膽我們在賽場一較高下。」

「姊姊很忙，才沒時間陪你們這些宅男玩呢。」佳煦扮了個鬼臉，面對手下敗將，她才不需要客氣呢。

「忙什麼？難道你們爸媽回來了嗎？」正中紅心，每次一提到這個，那兩個小鬼就一副想哭的表情。

第一章　許家三姐弟

利新得意的笑了。「肯定早就把你們忘了吧。」

「你胡說！」

「不然妳說，妳爸媽上次打電話回家是什麼時候？」

許家三姊弟沉默了。

爸媽的確有段時間沒來電了，連簡訊都沒有傳，這很反常，爸媽一星期最少會連絡一次，每次弟弟妹妹都超期待，對著視訊電話講個不停，這次卻好幾個星期都沒連絡，一想到他們人身在戰亂地區，他們就擔心的不得了。

「你們爸媽一副偉大的不得了的樣子，說什麼去拯救災民，可是連自己家的小孩都顧不好，這種膽小鬼，說不定已經死在災區了吧？」

「不准你說爸媽的壞話！」佳昫都快氣哭了。「爸媽很勇敢，比你們的都要勇敢！」

「既然你們爸媽真的很勇敢，就證明一下啊，你們應該也敢參加競賽吧？」

「參加就參加，誰怕誰！」佳昫怒吼著應戰。

王利新笑的好猙獰，讓他原本清秀的臉蛋都扭曲了起來。「那就賽場見，我們會全力擊敗你們的。」

緊張的佳永趕緊搖頭，避開了佳煦哀求的眼神。「我們不會參賽。」如果參賽，就要帶著弟弟妹妹在山中跑來跑去，還要跟眾多專業的領犬員和救難犬在山路上競爭，那太危險了，她絕對不能讓弟弟妹妹陷入險境。

「膽小鬼！跟以前一樣，既然妳那麼愛弟弟弟妹妹，怎麼不聽她的話？」

「隨便你怎麼說，我們要回去了，下次不要再讓我碰到你虐待動物，不然我就告訴你媽。」

「妳才不要再多管閒事，下次不會就這麼算了！」

競賽三人組眼見無法逼佳永參賽，難得的小黑狗也被奪走了，他們不甘心地看了小黑狗好幾眼，最後才憤恨離去。

目送三人組離開，辛辣的陽光直曬在佳永臉上，利新的話讓她想起了一段記憶……

那是多年前的某個白日，童年的她正和小利新玩得開心時，三歲的弟弟牽著小佳煦向她走來，兩個小小孩在太陽的照射下，散發著明亮的光芒，笑得也像太陽般溫暖，她全身突然像觸電般，連身旁的小利新在說什麼都聽不到，從此愛上了她的一雙弟弟妹妹，沒再從他們身上分過心，連唯一一次參賽，也是為了讓弟弟妹妹高興而參加，後來就再也沒比過了。

她低頭看到佳煦緊拉著她的衣服，不甘心的淚水在眼眶中打轉，平時冷靜的佳瑾也難得露出失落的表情。雖然贏了打架，但抱著小黑狗的佳煦和佳瑾卻完全不開心。

如利新所說，佳瑾和佳煦是她最重要的寶物，所以才不能回應佳煦的任性，隨意答應參加他們根本不熟悉的競賽，她最重要的事，就是保護弟弟妹妹遠離所有危險。

小黑狗伸出粉紅色的舌頭舔了她的手，莫名讓她感覺到一絲溫暖，小黑狗黑的發亮的圓眼盯著她，好像閃亮的星星。弟弟妹妹最近因為父母失聯，顯得焦慮不安，如果這隻小狗能帶給他們一些安慰就好了。

無論發生什麼事都必須守護弟弟妹妹，是她堅持多年的信念，但最近父母失聯，又時常有競賽三人組挑釁，佳永忍不住冷汗直流，看來要守護弟弟妹妹的微笑，前途多災多難啊。

我家也有狗英雄

第二章 不速之客

「我們把小狗洗乾淨，再問爺爺可不可以收養。」

「如果不行，怎麼辦？」

「不會不行的，爺爺也喜歡小狗啊。」

佳瑾和佳煦期待地點頭，他們抱著小黑狗回家，但還沒進院子，就先聽到了熟悉的對話聲。

「老許啊，我跟你說過很多次了，你就放手賣吧，我不會虧待你的。」

「老劉啊，我也跟你說過很多次了，我們不會賣的。這個家還要留著等我兒子、媳婦回來呢。」

「大家都知道他們一年沒回家幾次，你們乾脆搬到山下不是更方便嗎？」

「你家溫泉旅館已經很大間了，別館一棟又一棟的蓋，怎麼還想著要擴大營業？我家這邊可不一定挖得出溫泉喔？」

「挖不挖得出來不是問題，你這邊景色好啊。」

那院子裡的不速之客，讓佳永心中暗叫不妙。

他們住的山城距離市區一個多小時車程，沿途是蜿蜒的山路，城裡有間

第二章　不速之客

老字號的溫泉旅館，加上那獨一無二的傳統山路競賽，在比賽期間和寒冷的冬季，狹小的山城就會擠滿觀光客和來自各地的參賽者，是小有名氣的觀光景點。

在前院和爺爺講話的，就是溫泉飯店的老闆劉伯伯。劉家的飯店建築群龐大，幾乎佔據了半個山頭，興盛的生意造福了許多居民。就佳永所知，有超過三分之一的居民都在那工作，而且都會優待城裡的居民泡湯。每年冬天，被冬季山城特有的嚴寒凍的發抖時，佳永他們最期待的就是泡個溫暖舒服的熱湯，只要走個幾分鐘就可以驅走嚴寒，是他們最期待的活動之一。

而這劉伯伯啊，最近老愛往他們家跑，希望能說服爺爺把地賣給他，好讓他繼續拓展旗下的溫泉飯店，明明自家飯店已經很大間、很多棟了。而且每次來，看到他們家三姊弟，又總是會發表一堆長篇大論，她光是回想起來，就渾身起雞皮疙瘩了。

「姊，上次劉伯伯說我們沒有爸媽陪伴，真的好可憐。」最討厭被認為爸媽不在是件很可憐的事，佳瑾冷靜的表情比平時陰沉數倍。「明明我們不覺得是件辛苦的事，卻莫名其妙一直被同情……」

「他說我全身髒兮兮的，一點都不像女孩子，還說一定是因為沒有媽媽在的關係。」佳煦嘟著嘴，委屈的訴著苦。「我才不髒呢，我每天都有洗澡啊。」說完還聞了聞身上的味道，確定自己沒有臭味。

「他還會說爸媽的壞話，說他們很自私，拋家棄子之類的。為什麼他覺得可以在我們面前說這些話？」佳瑾不解的問。「是以為我們年紀小，不會有感覺嗎？」

「可是爸跟媽明明都在努力工作，救了很多人，劉伯伯那樣說，說的好像爸媽做錯事了一樣，我討厭他。」

「我也討厭。」佳瑾毫不猶豫的附和。

弟弟妹妹毫不留情的表達厭惡，讓佳永露出苦笑。

「不要碰到就好了，我們從後面繞進去吧。」佳永很舜的做了這個決定。

無論別人怎麼說，爸媽做的事都讓他們感到光榮，也全心支持。每次通訊時，都可以看到他們在並不便利的地方生活著，努力幫助有需要的人，劉伯伯卻把他們批評得一文不值，也完全不把爺爺和自己的努力放在眼裡，一

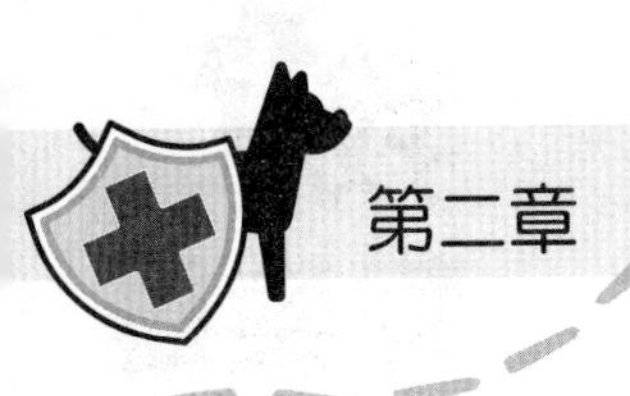

第二章　不速之客

再強調弟弟妹妹有多可憐，多需要父母陪伴，還總是當著他們的面評頭論足一番，好像自己比他們爸媽來的聰明厲害……她怎樣都很難平心靜氣地和劉伯伯聊天，虧爺爺還能和顏悅色的招待他，不愧是朋友滿天下的爺爺。而她又不能直接抗議，免得被說是不尊重長輩，換來更多閒言閒語……，即使只是十幾歲的孩子，佳永也了解一些社區間的人際關係。

為了不讓爺爺難做人，也為了不破壞鄰里感情，佳永只好盡可能避開劉伯伯，既避開衝突，也避開討厭的事情。或許孬是孬了點，但起碼不會有人不開心。各種考慮下，讓佳永此刻只能躡手躡腳地縮著身體，竭力想從後門溜進自家屋內呢。

「老許啊，」劉伯伯的大嗓門刺耳的傳來：「你把這地賣了，搬到山下去才聰明啊，反正你們家也不參加競賽，沒有必要特別待在這小山城吧。」

小山城小山城的，佳永忍不住在心中為家鄉抱不平起來。明明劉伯伯自己就在這山城上開了超大的溫泉飯店，而且城裡特有的山路競賽，吸引了許多參賽者和觀光客，一點都不小啊。

躡手躡腳地抱著毛茸茸、暖呼呼的小黑狗，後面跟著同樣躡手躡腳地弟弟和妹妹，三人總算順利繞過前院，轉進後院門口，但劉伯伯的聲音依舊清晰可聞。

「等我那別館整修好，就招待你們全家免費泡湯，畢竟小孩子沒有爸媽在身邊，有時候還是要多帶他們出去玩嘛。」

他們三人很有默契地翻了個白眼，劉伯伯真是固執，堅持要同情他們。溜進後院期間，小黑狗竟像心有靈犀一般，乖巧的待在佳瑾懷中。

「等劉伯伯走了，我們再問爺爺可不可以養，先去浴室吧。」佳永小聲地說。佳瑾和佳煦認真的點頭，繼續放輕腳步向浴室前進。

沒想到回自己家，要搞的像當小偷一樣，佳永無奈地嘆了口氣。

好不容易進了浴室，他們這才鬆了一口氣，將小黑狗放到磁磚地上，開始洗澎澎囉。小黑狗聰明的就像聽的懂人話般，似乎經過剛剛那一戰，已經認定佳永是主人，而佳瑾和佳煦是牠要保衛的家人了。小狗乖巧地搖搖尾巴，伸出粉紅色的舌頭，舔了舔佳永的手，十足配合地接受抹搓揉捏，還會自動調整姿勢讓他們方便清洗。

佳永又從房間找來大浴巾，準備幫小狗擦乾身體。回到浴室時，佳瑾和

佳煦已經全身都是泡泡，和小黑狗一樣溼答答的了。

「是要幫小狗洗澡，怎麼你們也洗起來了？」

「都是佳煦啦，」乖巧的佳瑾趕緊解釋：「她一點都不專心，還故意把我也弄濕。」

「姊姊，小黑狗要取什麼名字呢？」罪魁禍首一點都沒有反省的意思。

「黑色的，就叫巧克力吧。」佳瑾抓抓小幼犬特有的圓胖身軀說道。

「不要，」佳煦嘟著嘴反駁。「要叫黑金剛。」

「那你們兩個猜拳。」

「可是猜拳的話，不管誰贏誰輸都不好玩，我們一起想個大家都喜歡的名字嘛。」佳瑾想起每次猜拳，不管是輸是贏都不開心，輸了，心理怨恨，贏了，看到妹妹委屈的樣子又心生愧疚，輸贏什麼的，一點都不好玩。

「姊，妳想一個嘛，妳想的一定大家都喜歡。」

佳煦也跟著直點頭，還學小狗搖頭晃腦，把白色的泡沫都甩了出來。

佳永忍不住嘴角泛笑，她仔細看著小狗被泡泡襯托得又圓又亮的黑眼睛，就是這雙眼睛讓她備感溫馨。「叫黑炭如何？」

「我贊成，黑炭。」

「汪。」

小黑狗汪汪叫，猛搖尾巴，好像很滿意這個名字。

「我也贊成。」

「那就四票通過。」佳永迅速定下名字，免得鬼靈精小妹待會反悔。

小黑炭聽了，開心的輪流舔著他們的鼻子，抖動身體甩飛水滴和泡沫，讓在場的三人無一倖免。

「姊姊，爸媽回來，會喜歡黑炭嗎？」

「會啊，黑炭這麼可愛。」

「那他們怎麼還不打電話呢？」

佳永的手頓住了，停在空中。

「欸……」

「姊，為什麼爸媽這次都過好幾個天了，都還沒打電話回來？」

「嗯……」

面對弟弟妹妹的「為什麼不聯絡？」，佳永不知如何是好。

她抓抓頭，窘困地希望爺爺在旁邊。可是就算是爺爺，也沒辦法輕鬆地讓弟弟妹妹安心吧。

每次爸媽太長時間沒聯絡，佳永自己也是像他們這樣擔憂得不得了。即使知道有時是因為聯絡不便，才無法定期打電話，但還是會忍不住亂想，他們該不會出事了吧？會不會受傷了？被戰火波及？被傳染病傳染？

她是在爺爺的開導下，才逐漸學會釋懷的。

既然無能為力，還是過好自己的生活最重要。爸媽選擇了這個職業，他們也了解其中相對應的風險，即使有可能被捲進戰亂中，爸媽也決定將自己認真的姿態傳給他們，而不想敷衍的混日子。

也因為爸媽如此認真的面對生命，佳永才這麼希望自己也成為弟弟妹妹的榜樣，就像父母努力展現的一樣。

但弟弟妹妹都還小，為了減輕他們的擔憂，爺爺有時也會說一些常見的理由，比如通訊不良、停電、設備簡陋……要他們不要擔心。所以她現在也該說些類似的話嗎？就說是基地停電了如何呢？

苦等不到回答的佳瑾和佳煦，安靜得像櫥窗裡的人偶，水氣凝結在眼眶中，好像眨一眨就要掉下來了。

在佳永陷入沉思時，浴室的氣氛低迷了起來。

小黑炭東看看西嗅嗅，實在不了解發生了什麼事，只好再次使勁全身的力量甩水，晶瑩的水珠遍灑浴室，將三人都淋了一身。

「哈哈，黑炭不可以啦。」

佳瑾和佳煦馬上忘了遲遲等不到的答案，和小黑炭玩成一團。

佳永慶幸地看著與弟弟妹妹玩得盡興的黑炭，心理有點糊弄過去的罪惡感。又有點慶幸，如果黑炭能補足弟弟妹妹擔憂的心情就好了。

「佳永？」爺爺的聲音從窗外傳了進來。「你們回來啦。」

他們玩得太入迷了，沒注意到聲音都傳到了外面。

「小朋友回來啦？」

劉伯伯還沒走啊？左躲右躲，就是躲不過真正想躲的事物。佳永暗自嘆了一口氣，認命地帶著弟弟妹妹出門見客。

「劉伯伯好。」還不錯，語氣冷淡但有禮。

一看見劉伯伯，佳煦就拼命地躲在姊姊的背後，連一向有禮貌的佳瑾也

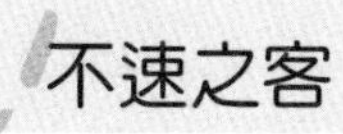

表情僵硬，繃緊了身體。

「佳永啊，放學啦？」劉伯伯笑咪咪的親熱招呼，好像這是他家一樣。「我剛才在跟你們爺爺說，要你們快點搬到山下，這樣你們爸媽也會常回來喔。」

搬到山下爸媽就會常回家，這是甚麼神邏輯？

「不然你們兩個弟弟妹妹都還小，沒有爸媽的照顧很不方便吧？」

開始了，開始了，佳永使命忍耐著不翻白眼。不可以目無尊長，不可以頂撞長輩，不可以轉身離開……她捏緊拳頭又放鬆，放鬆後再捏緊，深呼吸了又深呼吸，死命動腦想找出好藉口，帶弟弟妹妹逃離待會的同情地獄。

「沒有哇，佳瑾和佳煦每天都吃好睡好，我和爺爺無微不至的照顧讓他們生活得很開心喔。」

「可是小孩子總是要有爸媽在，不然以後學壞怎麼辦？」

當她和爺爺都不存在了嗎？有他們在，怎麼會讓弟弟妹妹學壞？

「而且不住在一起還算家人嗎？」

這是每次都會說的話，都聽到會背了，可以換一套嗎？

佳瑾的表情越來越麻木無神，佳煦的小臉越來越緊繃機械，再不想想辦法，她的一雙弟弟妹妹就要變成人偶啦。

剛剛才被小黑炭帶動的好氣氛，一下全都消散了，真是感謝劉伯伯啊。

佳永努力維持尷尬又不失禮貌的微笑，只想快速帶弟弟妹妹們回房。爺爺也察覺到了他們的不自在，臉也僵硬的跟萬年冰山一樣，只是冰山上多了兩道名為『客氣』的笑痕。只有臉皮比橡皮厚的劉伯伯還無知無絕，以為佳永的臭臉正是想念爸媽的證明。

「老劉啊，小孩剛回來，我差不多要弄晚餐了，你……」爺爺客氣的送客暗示還沒說完就被打斷了。

「你們抱著一隻小黑狗，是今年決定要參加競賽了嗎？」

劉伯伯眼尖卻看不懂臉色，還拓展了話題，真是太有才華了，惹人厭的那種。

佳永正打算搖頭否認，還沒開口又被搶話了。

「也好，如果在競賽中得了第一名，說不定你們爸媽就會特地回來誇獎你們囉！」劉伯伯自以為慈祥地笑著說。

佳永暗自大叫不妙，果然一轉頭，就看到弟弟妹妹倆原本呆然的小臉，突然活了過來。

「伯伯，你說的是真的嗎？」佳煦一臉天真的問。

一旁的許爺爺猛搖頭，對著劉伯伯使眼色，偏偏劉伯伯神經比阿里山神木還粗，完全接收不到訊號。

「當然是真的啊，得到第一名可是天大的榮譽耶，不可能有比這還要重大的事吧？」

那是指對山城裡和救難犬業界的人來說是吧，對別人可是毫無意義的。

「姊姊，我們也報名嘛，妳也看到黑炭那麼聰明，一定沒問題。」佳瑾竟然也產生了興趣，怯生生的詢問著。

這不是有沒有問題的問題，而是就算得了第一名，爸媽也不會特定回家一趟啊。

「就算你們爸媽沒回來，等他們回來，一定會很高興聽見你們這麼能幹，一定會好好稱讚你們。」

糟糕，弟弟妹妹的四隻眼睛閃閃發亮著，已經在小腦袋裡做起了美夢，幻想自己被爸媽摸頭稱讚的畫面了。

該死的劉伯伯，可以用針把他的嘴巴縫起來嗎？

「伯伯，我們爸媽很忙……」

「姊，能得第一名真的好厲害喔。」

的確，這山城中的救難犬競賽，近年來逐漸打響知名度，每年都有外縣市的人特地組隊參賽，贏了的確滿光榮的，但她不想要拿弟弟妹妹的安全來賭啊。

「爺爺，我們可以養黑炭參加比賽嗎？」

「參加比賽和養黑炭是兩件事……」許爺爺露出慈祥的微笑說著，再度被打斷。

「當然可以啊。」

劉伯伯竟然搶答了，明明就不關他的事！

無視佳永翻白眼，許爺爺目露不悅，劉伯伯繼續說：「如果你們得到第一名，你們爸媽說不定就會搬回來了喔。」

劉伯伯，許家跟您是有天大的仇恨嗎？佳永欲哭無淚地瞪著他。

「養是可以養，」在兩個小孩一臉燦笑的面前，許爺爺無奈的說。「不是冠軍狗也可以養，只要你們能把小狗照顧好，至於參加比賽，我們再討論吧……」

「老劉啊，」爺爺微笑著走到門邊，將院子的門打開。「我們改天再聊，我差不多要去洗米煮飯了，你也快點回去吧。」

這麼明顯的送客之意，劉伯伯再也無法忽視，總算移動了尊臀，回他的溫泉飯店去也。

留下一家四口，各個心思複雜，除了一臉無辜的小黑炭，心滿意足的追著自己的尾巴轉圈圈。

這個話題並沒有就此結束。吃飽飯後，佳永看到佳瑾有意無意地找出競賽的宣傳單研究起來，還上網找了許多幼犬訓練資料，馬上就開始教黑炭基本指令。佳煦幫黑炭的擺好專屬小床後，也加入了指令訓練，還研究起吃什麼零食最符合健康。看著弟弟妹妹難得一致地對同件事產生興趣，佳永掙扎許久，終於下了一個決定。

趁著兩個小傢伙專心和黑炭玩耍的空檔，她來到廚房。

「爺爺，」佳永說。「我想，我決定帶黑炭和小傢伙們參加競賽。」

爺爺沒停下手邊的工作，依舊不疾不徐的洗著碗筷。

「每次劉伯伯來，都會說些有的沒的，讓佳瑾和佳煦不開心，我也很不喜歡他說的那些話……我想，雖然對比賽很陌生，但如果參加競賽，可以讓他們玩得開心，而且如果真有機會得到冠軍，他們一定會很驕傲，尤其爸媽最近難得聯絡，說不定可以讓他們換換心情。」

爺爺默默點頭。「看小傢伙們這麼有興致，的確很難拒絕呢。」

「佳永，妳記得，得不得名不是重點，重要的是玩的開心就好。」爺爺慈祥地說：「妳已經很努力了，就好好享受一下參賽的樂趣，不要在意排名，還有安全第一，不管是妳還是小傢伙們的，還有黑炭的，都是最重要的。」

「我知道，我一定把他們的安全放第一。」

「那妳已經準備好要訓練黑炭當救難犬了吧？」爺爺提醒她。

佳永臉色一白，心想不妙，正好對上小黑炭閃閃發亮的黑眼珠，小黑炭還對佳永友好的汪汪兩聲，無視佳永面色死灰。

救命呦，她忘了最重要的問題，要怎麼訓練出救難犬啊？

第二章 訓練時光

既然決定參賽，那一要了解競賽規則，二要學會競賽項目。爺爺帶著佳煦出門了，留佳永坐在院子裡，認真觀察著佳瑾訓練小黑炭。小黑炭學得很快，轉眼間已經學會了坐下、握手和轉圈等基本口令，接著就要練習撿飛盤了。就在她目不轉睛地看著小黑炭訓練時，那靈活的姿態和記憶中的身影重疊了起來，讓佳永想起了許久以前，自己曾經參賽過一次。

大概是八歲的時候吧，小佳永在爺爺的支持下，養了一隻小黃狗——黃豆。黃豆就跟所有的幼犬一樣，長的圓圓胖胖，活潑又可愛，也深受小佳瑾和小佳煦的喜愛，每天吵著要看黃豆的比賽英姿，於是小佳永就在弟弟妹妹的鼓譟下，跟黃豆一起參加了山路競賽。

「黃豆，過來。」八歲的小佳永已是村裡的孩子王，帶著黃豆的身影尤其威風帥氣。

「阿永，」住在對面的小利新緊跟在後頭，他今天也要一起參賽。「妳好久沒跟我們一起玩了，老是說要陪弟弟妹妹的，今天一定要好好玩個過癮。」

第三章　訓練時光

「好啊，那今天就來比比看，誰跑得最快吧。」

「誰怕誰，比就比。」

當他倆爭先恐後地抵達會場時，集合地點已經擠滿了人。

「兒童組在那邊集合。」小佳永輕鬆贏了小利新，她揮去額頭的汗，還不忘提醒小利新一起去報到。

山路競賽舉辦多年，參賽者眾，也分出了許多組別，有專業組、成人組、青少年組等，小佳永和小利新參加的是兒童組，路程相對其他組別較短，規則也較簡單。

「阿永，妳知道比賽的時候有很多關卡吧？」

「嗯，有要尋寶的，過獨木橋的，還有蹺蹺板之類的。」

「我好怕過不了關喔……」

「別擔心，我們再怎麼遜，還有那邊那兩個墊底啊。」

小佳永豪不留情的比著不遠處的小森鼠和小黑熊，他們倆小小年紀就參加了多次比賽，每次卻都是最後一、二名。

「哈哈，妳好過分喔，」小利新被逗笑了，整個人放鬆了下來。「我和阿旺是第一次參賽，如果能有不錯的成績就好了。」

阿旺搖搖尾巴，舔了舔小夥伴的臉，表示支持。

「我可是很看好黃豆的，」小佳永自信的說：「黃豆和我可認真練習了，獨木橋也是一下就過了。」也因此忽略了弟弟妹妹，讓小佳永頗有罪惡感，她因此更堅定地想將冠軍抱回家，送給弟弟妹妹們當賠禮。

當一整天的賽程結束後，他們初次參賽，卻成為那年的超級新星。

平時就在山上玩耍的兩人，賽跑成績亮眼，兩人實力相當，甚至同時抵達終點，成為那組的雙冠軍。小森鼠和小黑熊佩服的不得了，拼命繞著兩人打轉。小利新與小佳永抱著獎狀互相讚美的畫面，和諧地讓周遭的大人們感動落淚，也成為了那年的佳話。

「阿永，妳真厲害，下次我一定要贏妳。」

「你不也一樣，我們可是一起到終點耶，不過下次絕對還是我贏。」

「姊、姊……」小佳瑾努力擺動著小短腿，搖搖晃晃地來到面前，一把撲在小佳永的大腿上。

「佳瑾，你有看到嗎？姊姊第一名耶。」

「抱抱……」小佳煦掙脫了爺爺的懷抱，往前抱住小佳永的另一隻大腿，天真無邪地仰望著她。「姊姊棒，玩嗎？」

「練習練習，都不陪玩，陪玩嗎？」

小佳瑾吸著大拇指，話都還說不清楚，卻透露出渴望人陪的模樣。

小佳永震撼地看著小佳瑾落寞又期待的天真模樣，突然發現自己竟冷落了弟弟妹妹好長一段時間，她明明最喜歡弟弟妹妹了，怎麼會犯下這種失誤呢？小利新和其他人的聲音越來越模糊，她眼中只剩下小佳煦閃亮亮的大眼睛，和小佳瑾滿是期待的小臉。

「阿永，下次比賽前，我們一起練習吧？」小利新激情未定，帶著兩個一臉崇拜的新朋友說：「森鼠和黑熊說他們也想一起玩，他們雖然比得很爛，可是知道很多過關技巧喔。」

「還是算了，我下次不參賽了。」小佳永看著流著口水的妹妹，說出決心。

「欸？為什麼？阿永，妳剛剛不是說下次絕對會贏我嗎！」

「不比了不比了，算我輸好了，黃豆要陪我弟和我妹玩，沒空做訓練了，而且我現在想當個好姊姊了，我要陪弟弟妹妹玩。」

「什麼嘛，弟弟妹妹有甚麼了不起的，下次冠軍一定是我的，妳也來陪我，我還可以分妳一點。」

「我才不要，就跟你說了，我沒時間玩這個了，你可以和森鼠還有黑熊一起練習啊？」

小佳永牽起小佳瑾和小佳煦的手，豪不眷戀地跟著爺爺和黃豆回家了，留下小利新一人錯愕地瞪著他們的背影。

後來黃豆果然不再做訓練，每天都陪著許家三姊弟上下課，成為專業保母狗，可惜好景不長，黃豆不久就生病過世了。

……

小黑炭活躍的姿態，讓佳永回想起了這段往事，也連帶想起了黃豆。

「黃豆啊黃豆，好想念你啊……」佳永自言自語地說：「不知道比賽規則有沒有變？要不要問問利新？」

那之後，利新和他們的關係就只有更壞，沒有變好過。利新和她相反，反而和森鼠黑熊組成競賽三人組，從此熱衷參賽，而且老是找佳永麻煩，還

第三章　訓練時光

一副看不起他們姊弟的模樣，她當然不甘示弱，也總是回嗆他的挑釁，上次還打了他們一頓，硬是奪走他們想強硬訓練的黑炭，關係這麼差，怎麼想都不可能輕易和解吧。

「訓練的準備就交給爺爺，但詳細規則呢？」佳永抱著胳膊，困惑地歪著頭。

「姊，」佳瑾不知何時已經結束了訓練，拿著一本精美的小本冊子過來，只見黑炭也在樹下休息喝水。

「欸，比賽規則介紹！」佳永高興地搓揉著佳瑾的頭髮。「不愧是我的弟弟，好機靈啊，我正愁不知道規則呢。」

「我在活動中心拿的，這上面寫說，要考驗狗兒的穩定度耶，要怎麼訓練穩定度啊？」

原來，救難犬可能會在各種情況下搜尋遇難者，為了考驗狗兒在不同地形下的穩定度，比賽會設有蹺蹺板或獨木舟等關卡。

「關於這個啊，我跟爺爺早就討論過了……啊，回來了。」

爺爺和佳昫推著一個板車走進院子，車上好像小叮噹的百寶袋一樣，堆滿了許多零件道具。

「我到村裡的訓練所借的，」爺爺笑著說：「把這些組裝起來吧。」

他們有默契地分工合作，和爺爺一同組裝起那堆寶物。

不久，後院成功變身成有模有樣的臨時訓練所，木製的蹺蹺板、鐵桶搭建的躲藏地、大輪胎改造的鞦韆……，在訓練犬盛行的城裡，許多人家的院子裡都會有這些器材，佳永一直認為他們家不可能也不需要這些東西，沒想到竟然也有這一天。

這些器材在陽光下閃閃發光，招喚著充滿童心的孩子們，別說是黑炭了，光是他們三個小孩就玩的不亦樂乎，完全忘了原本的初衷，直到佳永第一百遍抱著黑炭從溜滑梯上滑下來，才突然警覺事態嚴重。

「集合、集合！」

玩著蹺蹺板的爺爺和佳瑾，在樹下盪著輪胎鞦韆的佳煦，趕緊應聲前來。

「咳咳，」佳永一一環視她的小夥伴們。「相信大家都測試過各個器材了，每樣都很堅固吧？」

「報告姊姊，盪鞦韆很穩。」佳煦有模有樣的舉手敬禮。

「姊，蹺蹺板也很穩。」

「很好，我這邊也沒問題，黑炭百分之百很喜歡這些器材，也已經能從溜滑梯的各個角度爬上爬下了……咳咳，」佳永不好意思的說：「那按造原計畫，我們來訓練黑炭吧。」

「喔——」三人歡呼著。

在興致匆匆的孩子們面前，原本跟著一起玩耍的爺爺，不知何時已經摸著鼻子偷偷溜走了。

◆

一段時間過去，黑炭不負眾望，輕鬆學會了各項指令與設施，就只剩獨木橋了。

「姊姊……怎麼辦？」

「黑炭完全不想走過去耶？」

「是太累了嗎？」

「剛剛幫牠按摩了，點心也吃了……」

「那是太飽了，想休息嗎？」

黑炭活蹦亂跳的在追著自己的尾巴，一點都不疲倦的模樣，就是不想玩訓練設施。

他們三人毫無辦法，訓練停滯不前，一直到佳煦出了意外為止……

佳煦無聊地在獨木橋上亂走，腳底卻突然打滑，她尖叫了一聲，黑炭馬上變了隻狗樣，迅速走過原本怎樣都不想通過的獨木橋，毫無懼色地奔至佳煦的身邊，在四肢努力攀附在橋上的佳煦身旁搖尾大喊，要求許家人通通集合，彷彿先前對獨木橋的嫌惡是場夢一般。

佳永被小妹的尖叫嚇得跳了起來，迅速趕至佳煦身邊，將她抱下獨木橋，還摸遍全身，才放心地確認她平安無事。

「欸，佳煦，」佳瑾沉思了一會，突然詭異地說：「妳過來這邊，叫兩聲。」

佳煦困惑地走到獨木橋另一旁，乖乖地叫了兩聲，黑炭沒有任何反應。

「緊張一點，就像剛剛那樣，假裝妳要滑倒了。」

佳煦翻個白眼，但依舊乖乖照做。

「啊——」

黑炭的耳朵迅速豎了起來，警戒的注意著佳煦的態度。

「再叫的淒慘一點，然後一個個跑過那些設施。」

佳煦再翻個白眼。

「啊——」

佳煦邊叫邊通過各個關卡，在佳煦的尖叫聲引導下，黑炭突然恢復精神，將每樣訓練都做得又快又好，迅速突破各項難關，趕到佳煦的身邊。

他們三人面面相覷。

「姊，怎麼辦？」佳瑾獎勵著黑炭吃牛肉小餅乾，卻憂慮地問道：「總不能把佳煦放在每個關卡，然後一直尖叫吧？會被裁判判出局的喔。」

「唉，」佳永也嘆著氣說：「這的確不是辦法，今天先休息吧，我們再想辦法看能怎麼訓練黑炭。」

面對憂慮參半的三人，黑炭開心地搖著尾巴，對自己自豪不已，畢竟牠每次都幫助了『受困』的佳煦，讓佳煦露出了笑容呢。

◆

幾天後，佳永決定嘗試新方法。

「我們帶黑炭到山上，實際跑跑看好了，說不定可以找到解決的方法。」

「希望牠能乖乖聽話，話說回來，為什麼會喜歡尖叫聲呢？」

佳永聳聳肩。「或許不是喜歡尖叫，而是喜歡找到發出尖叫的人啊，畢竟小黑炭可是全速趕到佳煦身邊了喔，而不是一直纏著她尖叫呢。」

「那要戴項圈嗎？」佳瑾拿著為黑炭準備的散步項圈，樸實的咖啡色毫不顯眼。

「這幾天下來，黑炭已經知道怎麼回家了，路上也沒什麼車，就算了吧。」

「對啊，我們家黑炭這麼聰明，現在已經能夠自己從家裡到學校了耶。」

「嗯，黑炭實在很聰明。」

聰明到除了主動護送他們到學校，甚至還能判斷放學時間，放學時在校門口迎接他們。

陪他們一同放學的黑炭，聰慧的個性讓牠名聲大噪，城裡幾乎每家都有養狗，卻沒有像黑炭那樣有靈性的，在黑炭的加持下，許家三姊弟走路好威風，尤其是競賽三人組的殺人目光更是從沒離開過，時刻緊盯著他們。

「黑炭，過來。」

當然佳永很滿意，即使被利新加倍找碴，她也覺得救下黑炭很超值。

黑炭靈巧地跟上她，一馬當先沿著熟悉的山路，來到競賽預定地。

舉辦多年的山路競賽，比賽場地一直都是對外開放的，事實上，山中小路從來沒有封閉過，只要知道怎麼走，隨時歡迎使用。

對佳永他們這些從小在山城長大的小孩來說，彎曲複雜的山路就像是自家後花園，此山地形複雜，幾乎所有地形都可以在這座山上找到，但也困不住山城小孩。

佳永原先擔憂弟弟妹妹們，但在帶著大家跑上跑下了幾天後，她總算放心了。因為弟弟妹妹沒有她想像中的柔弱，倒不如說他們好像獲得了解放一般興奮，像恆動儀般完全停不下來，讓她不禁懷疑，難道自己先前保護過度了嗎？

而黑炭更是優秀，總是在適當的時機協助他們。這次參賽，一定可以讓弟弟妹妹玩得開心，不那麼牽掛父母。想到這，佳永的腳步更輕快了，幾乎是哼著歌在爬山。

直到黑炭突然對著岩石後方吠叫為止，他們的爬山行程都還滿愉快的。

「怎麼了？」

「過去看看。」

他們緊跟著黑炭，來到了一塊畸形的大岩石前，岩石後方，竟有隻人腳露了出來，角度詭異的『擺』在岩石旁。

「姊，那該不會是屍、屍……」平時冷靜，但其實很害怕超自然事物的佳瑾，此刻已經躲進了佳永身後，顫抖地指著那隻腿。

「……先過去看看。」佳永努力壓抑顫抖的聲音，鼓起勇氣向前探查。

「汪！汪汪！」

「救、救命……」

佳永豎起耳朵專心聆聽，在黑炭的吠叫聲中，混雜著一絲細微的呼救聲。

他們趕緊躍過岩石，這才發現有個穿著卡其背心，滿臉絡腮鬍的大叔，一手緊抓著單眼相機，躺在那哀號。

不是與『屍』相關的任何東西，他們鬆了好大一口氣。

「大叔，你受傷了？」

「沒有……我滑了一跤，腳就卡住了。一動就痛，我已經卡了一個多小時，你們可以幫我找人過來嗎……」

「那我來看看吧。」

有時在山上遇到困境，與其等待救援，不如自己先想解決辦法，這是佳永在山上受傷多次後得到的經驗。既然不是超自然現象，她的腦袋就冷靜多了。原來大叔的腳卡在龜裂的土層中了。佳永研究了一會兒，發現挖鬆土壤，可以讓大叔調整姿勢，施力拔腳，他們又花了一會兒工夫挖鬆扎實的土塊，總算合力幫鬍子大叔脫困。

脫困後的大叔終於露出微笑。「我只是來熟悉地形，沒想到反而被困在這裡……」

「叔叔，你是來參加比賽的嗎？」

「嗯……算是吧。我以前住在這裡，現在搬到山下去了，你們也是嗎？」

「是啊，我們沒甚麼經驗就是了。」

「姊姊，我們一定會贏的。」

「哈哈哈，小妹妹好有自信，」鬍子大叔對佳煦比起讚賞的大拇指。「我也覺得你們一定會贏，黑炭實在太優秀了，根本是天生的救難犬。還好有黑炭帶你們過來，我才能順利脫困。」鬍子大叔感恩地說。

沒想到大叔竟附和了佳煦無厘頭的自信，讚不絕口的摸著黑炭。三個人聽了好得意，信心倍增起來。

他們扶著鬍子叔叔準備下山，山路上卻有個一臉焦慮的阿姨迎面而來。

「終於找到你了，突然來電說你被困在山上，是要嚇死人啊？」

「我老婆來接我了，我們比賽時再見吧。」

告別了大叔和阿姨，正覺得自己做了好事，心情大好的佳永，卻突然憂鬱起來。

山是大家的，佳永認命地想到，既然都可以遇到久未返鄉的居民，會遇上帶著阿旺訓練的利新也不意外了。

第三章　訓練時光

佳永深吸口氣，大步迎向態度跟她一樣緊戒的三人組。一隻體態健美、毛色蓬鬆發亮的狼犬跟在利新身側，完美地配合他的腳步或快或慢的移動。

「阿旺！」

佳煦飛奔向前，毫不在乎利新冷漠的目光，撲向那體態健美的狼犬，阿旺也好脾氣地接受佳煦的拍摸，舔了舔女孩的臉頰。

阿旺個性溫和，親切有禮，也是城內知名的好狗——除了牠的主人利新態度刻薄以外，是隻人見人愛的毛孩子。

小黑炭和阿旺初次見面，兩隻犬族互相嗅聞著彼此，和平地打了招呼。

「利新，」佳永點頭。「阿旺還好嗎？」

「看不就知道了，絕對比那隻髒狗還要好。」

不愧是利新，這幾天在學校裡，他的態度就已經翻倍的刻薄了，在校外遇見更是裝作沒看見，這次會打招呼，應該是想知道他們對黑炭的訓練狀況吧。不過要比不友善，佳煦也沒閒著，虧她能一邊摸阿旺，一邊怒視利新，絕不遷怒無辜的阿旺，公正的態度令人佩服，但也逼得阿旺站在兩人中間，警戒瞪著像隻小老虎的佳煦。

「許佳永，那隻小黑狗也不怎麼樣嘛，看來沒有我們想像的好，還好那時讓給你們了。」森鼠說出損人的話，卻一臉忌妒地看著小黑炭靈巧的體態。

「許佳永，妳決定參賽啦？明明就說過不會參加，是最近地震太多，腦袋摔壞了嗎？」利新決不會放棄任何可以損佳永的機會。

「之前不參加競賽，是顧慮到弟弟妹妹年紀還太小，現在我弟和我妹都對競賽有興趣，我當然要參加。」佳永毫不膽怯的回應。

「哼，過了這麼久終於可以和妳一較高下，看我狠狠捏碎妳那自以為是的態度。」

利新露出的獰笑讓佳永佩服不已，他就是有辦法糟蹋自己清秀的長相。

「利新，放輕鬆點，」佳永笑著說：「我對冠軍沒興趣，只是帶佳瑾佳煦一起玩玩，希望能增加經驗罷了。」

「是喔，我還期待看到妳輸了之後，懊悔的表情呢。」利新不屑地表示。

「妳應該知道，競賽時會有很多意外發生，或許等妳斷了幾根骨頭後，就會後悔了。」

「你在威脅我？」

「只是好心提醒妳。」黑熊狡猾地說。「妳知道比賽有多少人參加嗎？希望妳到時候不要被別支隊伍擠扁，或是在山中迷了路，掉進山谷了。」

即使是當地人，也偶而會因地形複雜掉進山谷，所以他們平時在山上都很謹慎。佳永雖沒關心競賽，但也會帶著弟弟妹妹當觀眾，當然知道參賽者眾多，所以才會考慮許久才答應弟弟妹妹的要求。但沒有真正下場，她的確不知道會有多混亂。

森鼠接著說：「如果你們只是玩玩，就不要來搗蛋。我們對奪冠勢在必得，一定得贏。」

這森鼠也太膽小了吧，這麼怕被玩掉排名喔？佳永有點看不起他們來了。還以為競賽三人組會更有骨氣一點呢。

「姊姊，我們也一定要贏，贏了的話，爸媽一定會很高興！」

佳永趕緊摀住佳煦的嘴，免得她又衝動挑釁了對方，搞得彼此要拳腳相向了。

「雖然沒有你們這麼重視比賽，但我們也會盡力的。」佳永說著不痛不癢的感想，希望和平收場。

「哼，到時就知道了。」

◆

競賽三人組總算領著阿旺走了。看著他們離去，一直保持沉默的佳瑾才擔憂的開口。「姊，利新他們說得好恐怖，我們太小看比賽了嗎？」

「沒事的，我們還有祕密武器啊，」佳永自信地看著黑炭。「這可是黑炭最愛的絕招喔，牠現在已經很熟練了呢。」

「姊，我寧願妳不要用到，那太危險了……姊，利新他們會不會作弊啊？」佳瑾依舊無法安心。「該不會為了報平常挨揍的仇，想在比賽中整我們？」

「不會啦，」佳永豪爽地笑著。「我可是和利新一起長大的，他再怎麼小家子氣，也不會傷害人啦。」

佳瑾和佳煦互相交換了一個不以為然的眼神，只有神經大條的佳永，才會認為利新為人很光明磊落呢。

第四章
山路競賽

比賽當天，活動中心前的居民廣場，擠滿了密密麻麻的人潮，完全一改平時山城寧靜的印象，讓佳永再次領悟到這個比賽的盛大。

「姊姊，還要排多久啊？」

佳永帶著黑炭和弟弟妹妹，一早就抵達廣場，但光是報到手續，就花了他們一個多小時，排著超長的隊伍，連好脾氣的佳永也開始不耐煩起來，但面對比自己更不耐煩的弟弟妹妹，她只得保持耐性。

「就差一點了，妳看，快輪到我們了吧。」

「黑炭是不是吃太多了？等一下跑得起來嗎？」邊排隊邊看著黑炭那圓滾滾的肚皮，佳瑾不安的問。

「可是今天難得要參賽了，我想說給黑炭吃好一點……」

只見黑炭打著飽嗝，一臉睡眼惺忪，站都站不穩的模樣。佳永開始覺得後悔了，如果黑炭真的跑不動了該怎麼辦？

「姊，那是拉不拉多嗎？」佳煦興奮的指著不遠處的參賽犬。

在山城裡，大部分的狗兒都是米克斯，他們難得看到名犬，此時卻彷彿來到名犬展示中心，各種犬類圖鑑裡有的純種狗都出現了。

第四章　山路競賽

「還帶著好多看起來好厲害的裝備喔……」佳瑾警戒的說。

弟弟的不安也感染了佳永。

的確，和那些身經百戰的參賽者比起來，他們就像是穿著拖鞋就想攀登喜瑪拉雅山的莽夫般，單薄又俗氣。在這麼多名犬和精良裝備的環繞下，別說奪冠了，連能不能完賽都有問題吧。

「快看，講台上是劉伯伯在說話耶。」佳永不知道怎麼鼓勵弟弟妹妹，只好試著轉移弟弟妹妹的注意力。「聽說溫泉飯店幾個星期前就客滿了，連施工中的別館都差點被訂走了，劉伯伯可是開心地要飛上天了呢，還說幾個月後的秋季競賽，都打算加碼贊助呢。」

「那我們也帶黑炭參加秋季競賽！」佳煦開心的說。

「這個嘛……」佳永暗叫不妙。

成功轉移注意力後，卻帶來另一個不安的情況。

秋季競賽的狀況和年度競賽不同，是個充滿奇特意外的當地限定比賽，參加者全是當地人，難度卻超越任何一場比賽。佳永還不確定是否該帶初出茅廬的黑炭參加挑戰？她正感到左右為難時，還好她的不安得救了。

不遠處，競賽三人組出現了。

佳煦和佳瑾果然忘記了秋季競賽的事，專注地瞪起競賽三人組來。沒想到他們三人的出現，讓附近的參賽者都騷動了起來。

「欸，那就是青少年組的上屆冠軍耶。」

「哪只有上屆啊，聽說他連得三屆冠軍。」

對，三屆，除了許佳永參加過的那一屆以外，他可是屢戰屢勝。

利新頭抬的高高地，用與他矮小的身材不符的氣勢，一邊虛榮的接受附近崇拜的目光，一邊牙癢癢地瞪著不遠處，同樣瞪著他的許家三姊弟。

圍繞著他們的居民們，紛紛露出看好戲的表情。

佳永是全山城最厲害的山路通，小小年紀就曾拿過冠軍，這次睽違五年終於再度參賽。而另一邊，利新則是三戰三勝的常勝冠軍，大家都想知道這場對決的結果會如何？是精通山路又身手矯健，帶著初次參賽的小土狗的佳永，還是擅長競賽技巧，帶著經驗豐富但年歲已大的老將阿旺的利新呢？

在眾人的目光下，佳煦毫不避諱地狠瞪著利新三人組。

「姊，妳一定要擊敗利新，成為新冠軍。讓他們後悔虐待黑炭的下場。」

「哈哈。」佳永無奈的露出苦笑，看來小妹還再記恨那件事。

「嗯，安全最重要。」佳永安撫地摸摸小妹的頭。「我們一起享受參賽，其他的再說吧。」

佳煦不滿的嘟著嘴，的確，以黑炭目前圓圓滾滾的肚子來看，安全恐怕比奪冠重要，但也不能毫無鬥志吧？

在雙方人馬電流般的對視下，集合的鐘聲總算響起。

他們跟著人群移動到講台前，台前已經聚集了許多狗兒，包括利新與阿旺，每隻看起來都是狠腳色，混在其中的黑炭，顯得既平凡又渺小，只有那股活力四射的模樣不輸人。

佳永摸摸黑炭發亮的皮毛，自我安慰的想，沒關係，只要按造訓練時來跑，黑炭的成績絕對不差，再不然，這城裡沒有人比她更熟悉山中小路，弟弟妹妹努力付出時間訓練黑炭，能拿到不錯的名次，讓他們的付出有回報最重要，也不會每天都空等爸媽的聯繫了。

主辦單位再次介紹了比賽規則，佳永趕緊豎起耳朵認真聽，他們『初次』參賽，搞錯規則就糟了。

比賽分兩個階段，第一階段，將在廣場後方的空地舉行接力賽跑，並將最後的秒數成績加總計算，排出第二階段比賽時，進入山中賽道的順序。順序越前面的當然越吃香，上次參賽時，佳永和黃豆就是以第一名的成績進入第二階段，利用優勢率先拔得頭緒。

「姊，」佳瑾還是充滿了不安，到不如說越是接近比賽，他的不安有增無減。「黑炭比較小隻，要比賽跑的話，我們會不會是最後一個進入山道的啊？」

「放心吧，」佳永隱藏起不安，露出弟弟妹妹專用的自信微笑。「黑炭可是經過我們密集訓練後，脫胎換骨的英雄啊，而且依造狗的體型，也有加總分，我們就算沒能第一，也會有前三名的。」

佳永心中盤算著，接力賽結束後，在第二階段的山道比賽中，各隊將依序進入山道，找到指定的關卡完成任務，最快回到終點的隊伍優勝，拚的就是速度。為了搶快，許多不熟悉山間小路的外地人，常因迷路而棄權，最後再被熟悉山路、定時巡視的工作人員領回。所以對山路的熟悉，就是他們有可能獲勝的關鍵了，加上黑炭的祕密武器，她能利用的路線就更多了。

◆

來到了預賽場地時，空地上已經臨時搭建了賽道。

接力賽的規則很簡單，就是讓狗兒和主人一起跑一百公尺接力，主人和狗兒各跑一半。狗兒必須先訓練過，能咬著接力棒跑到接力點，將接力棒傳給主人。

這個比賽每次都會發生許多狀況，最常發生的其中之一，就是狗兒太興奮了，完全不想交棒，硬是在接力點和主人纏鬥，或者超過接力點，獨自前往終點，將主人拋在身後，那也視同出局。

黑炭在做這個訓練時，就如同握手和坐下等指令一樣，一學就會。對此，佳永和弟弟妹妹都信心滿滿，一點都不擔心可能會發生出局的情況。

找到自己的賽道時，冤家果然路窄，佳永不僅和利新同組，兩人還在鄰近的賽道互瞪著彼此。

「阿旺，讓雜種狗看看你三連冠的實力吧。」話是對阿旺說，眼神卻死瞪著佳永。

「黑炭，我先到前面等你，讓老狗看看你年輕的實力吧。」佳永只好打起精神，怒目回瞪。

其餘賽道的人莫不暗自捏把冷汗，一是害怕利新組的冠軍實力，一是忌憚身手矯健的山路通佳永。默默地，鄰近賽道的人都偷偷地移動了腳步，盡可能遠離那散發出殺氣的兩人。

雖然話說得很滿，表現得很有自信，但佳永隱約有股不祥的預感，主要來自黑炭那過了一個多小時，卻完全不見消化的圓肚子，但此刻也來不及了，她硬著頭皮放開昏昏欲睡的黑炭，慢跑到接力點，準備接棒。

槍聲響起，阿旺一馬當先，優雅的咬著接力棒奔馳，將包括黑炭在內的其他狗兒遠遠拋在身後，遙遙領先在前，一瞬間就來到五十公尺處的利新處，並毫無瑕疵地順利交接，精彩流暢的程度讓在外圍的觀眾紛紛鼓掌叫好。

其餘的參賽者紛紛接到了狗兒的棒子時，佳永卻還在原處，滿頭大汗地等著黑炭。

果然是因為那顆圓肚子啊。

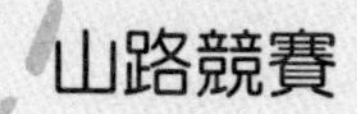

第四章　山路競賽

佳永無法克制地怨恨著自己，到底為什麼一大早要給黑炭吃肉呢？甚至不只吃了肉，還吃了小麥片、牛肉小餅乾等點心。

黑炭吃飽後，心滿意足地打著飽嗝，一心只想躺躺睡，還是他們死拖活推，硬是拉著牠來到競賽場的。

她只想鼓舞黑炭的士氣，努力做了許多美食，沒想到適得其反，這就是缺乏參賽經驗的後果啊。

黑炭咬著棒子，像往常訓練時一樣，專心一意的往佳永身邊跑去，卻礙於肚子太圓，跑起來一點都不瀟灑，彷彿拖著一個水桶在奔跑般，費力又緩慢，好不容易抵達佳永身邊，其他人老早就接到棒子完成接力，還不時對她投以憐憫的目光，利新更是早以第一名的成績完成比賽，接受眾人的稱讚。

佳永全力衝刺，總算靠著運動長項彌補回一些秒數，扣除掉違規的隊伍，勉強得到了中間名次，但成績遠遠落後了利新和阿旺。

「許佳永，」利新和阿旺走了過來，臉上帶著滿滿的得意微笑。「看來妳退步很多啊，妳是怎麼訓練狗的，竟然挺著一個大肚子賽跑，你們這樣完全不是對手啊。」

「對啊，」森鼠氣喘吁吁地接話，他好不容易和黑熊一起擠開人潮，來到利新的身邊。

「笑屁啊，」跟佳瑾一起過來的佳煦，再次狠踹了森鼠的脛骨，讓森鼠痛苦的抱腿哀號。「你們連參加都沒有咧！」

「那……那又怎樣？」森鼠不滿地說。「要說參賽，妳還不是沒有，我們一直以來都和利新同組，利新贏就是我們贏。」

利新聽了直點頭。「就是這樣，小女鬼，我們三人可是最強的冠軍組合，合作無間的照顧著阿旺的訓練和健康，你們那種扮家家酒的遊戲就不要拿出來見笑了。」

「我們也一樣，不僅是訓練，我們還會幫黑炭按摩咧，姊姊和黑炭的勝利就是許家的勝利。」

「可是你們現在是倒數的隊伍，許家可能不會勝利，而是失敗喔。」黑熊訕笑到。

「沒比到最後怎麼會知道？」佳永氣勢不輸人，雖然很懊惱，但她不能表現出來，尤其黑炭表現得很好，既沒掉棒也沒玩棒子，努力克服著飽後呆，

一心一意的將接力棒送到她手中，她對上黑炭亮晶晶的眼睛，臉上洋溢著對黑炭滿滿的愛。

看到佳永那滿臉自信的模樣，再度讓利新恨得牙癢癢。

「那不然來打賭吧，你們一定會是倒數的隊伍。」

「賭就賭！」佳瑾和佳永來不及攔，佳煦已經嘴快接下了賭注。「我賭你們一定會輸給姊姊。」

競賽三人組發出大笑。

「不可能，就憑你們那隻小胖狗？先減肥再說吧。」

三人組再次發出刺耳的尖笑，讓無心打賭的佳永臉都黑了。

明明先前才對小黑炭讚賞有佳，還想抓牠回家訓練，現在竟然嫌牠胖，佳永也動怒了。

「不過跟你們賭，我們還真虧大了，如果我們贏了有什麼好處？」

「如果你們贏了，那我們三姊弟就幫你們揹書包一個星期。」

「揹書包太幼稚了，不然……你們當僕人一個星期，要你們做甚麼你們就得做。」黑熊表情陰險地說。

佳永的臉色凝重，她怎麼可以讓弟弟妹妹當僕人被使喚？即使對黑炭有自信，也不能冒險讓佳瑾和佳煦受委屈。她正想開口拒絕，佳煦卻拉住了她的手。

「姊姊，跟他賭了！」佳煦依舊氣勢不輸人，雙手插腰回嗆。「難道我們還怕這三隻狗熊嗎？」

「佳煦……」

「哎呀，果然是怕了吧，是不是害怕的想要回家找媽媽啊？啊，可是你們家沒有媽媽，連爸爸都沒有呢。」森鼠平時唯唯諾諾，現在卻機靈地落井下石，一心想抱剛剛的脛骨之仇。

連一向謹慎的佳瑾都沉不住氣了。「我們爸媽是出國工作了，你們不懂就不要亂說，利新你自己不也一樣？難道你爸也拋棄你了？」

利新臉色難看。「別把我家和你家混為一談，說不定你們早就被爸媽拋棄了，說在國外工作只是好聽而已。」

「姊，」佳煦不甘心地看著佳永。「爸媽被說成這樣也沒關係嗎？」

看到弟弟妹妹被欺負的泛淚雙眼，這是她的底線了，佳永嚴肅的點頭。

「我知道了，賭就賭，但如果我贏了，你們不可以再說我們爸媽的壞話。」

黑炭和阿旺彷彿感覺到氣氛的凝重，莫名安靜的待在腳邊，牠們抬頭看了看佳永，又轉頭看了看利新，再瞄瞄另外四個人，無奈地垂下耳朵，不知道為啥氣氛這麼凝重？

「一言為定。」

利新和佳永最後狠狠地死瞪著彼此，雙方在比賽準備聲中各自帶開。

◆

「姊……」只剩他們姊弟了，佳瑾總算恢復了冷靜，不安的攪著雙手。「他們真的很過分，可是我們有機會贏嗎？黑炭可能連那些經驗老到的訓練犬都跑不贏……」

「別擔心，」佳永嚴肅的看著黑炭，後者睜著圓滾滾又無辜的眼睛回看她。「既然都接受打賭了，我一定會想辦法奪冠，起碼贏過利新他們。黑炭可能沒啥經驗，但有我在啊，沒有人比我更熟山路，我一定會善用那招祕密武器的。」

聽到祕密武器，佳瑾又是不安又是慶幸。

「而且姊姊可是全城最熟那些山路的人，」佳煦的小臉和眼睛還紅通通的，「妳放心，姊姊一定會贏，讓他們再也不敢說爸媽的壞話。」

接下來的時間，他們奮力為黑炭按摩，黑炭順暢地上了幾趟廁所後，圓肚子總算消了下去，回復平時結實的姿態。

「發生什麼事了嗎？」送便當過來的爺爺，看到姊弟三人一臉嚴肅地吃著飯，忍不住擔憂的問。

「沒事啦，只是晚點要爆打一頓台灣保育動物而已。」佳永平靜的回道。事到如今，就算要祭出絕招才能贏，她也顧不得安全了。

◆

第二階段的比賽準時開始，預賽得分高的隊伍依序進入了山道，利新出發前，還狠狠瞪了佳永好幾眼，才領著阿旺出發。

佳永帶著黑炭，冷靜地目送先出發的隊伍，輪到她時，已經有一半的隊伍不見人影，想必已遙遙領先一大段路了。

第四章　山路競賽

雖然形式險峻，但佳永可是山路通。

她好整以暇的結束伸展操，英姿颯爽地啟程。黑炭精神飽滿，已經一甩早上的癡肥形象，俐落地跟在佳永身邊，儼然就是專業訓練過的姿態。

一進入山道，佳永充分感覺自己像回到了自家後院般自在。

只見一群又一群的參賽者接連著往同個方向前進，佳永卻在十字路口前停了下來。「這條山路有條沒多少人知道的捷徑呢。」她領著黑炭悄悄彎進了鮮少人煙的山路。

佳永回想著先前確認過的規則。

在山路賽道中，要走哪邊都不違規，只要能抵達關卡，完成任務，整座山都是比賽場地。這也是山路競賽困難的地方，有太多小徑可以穿越，競賽也曾考慮過將賽道限制在特定的地方，但這樣一來就失去了比賽的初衷，紀念在複雜的環境中拯救了許多性命的救難犬。

最後折衷的辦法，就是規定所有參賽者必須在時限內抵達關卡，否則大會工作人員會宣布失去資格，並定時調動人員展開搜索，確保沒有任何參賽者遭遇山難，陷入困境中。

「接下來呢……」

身處草叢中的佳永東看西望，接著毫不猶豫地和黑炭深入雜草蔓生的山坡裡，沒幾步後，眼前竟出現了狹窄的小路來。

「接著穿過這裡，就可以看到……」

……就可以看到利新了。

佳永嘆了一口氣，冤家路窄，冤家果然路很窄，住在山上的冤家路更窄。利新果然是競賽老手，想必這些精巧的路徑規劃，也歸功於三人組的合作無間和認真勘查吧。

他利用狹小的踏腳處，穩穩地站在山坡的高處，阿旺也毫不畏懼地緊跟在旁。他一定沒有想到，墊底的佳永這麼快就能追上他們。只見利新面露驚訝，接著帶著阿旺奮力一躍，跳上了陡坡頂端，一人一狗站在高台俯視她，毫不掩飾眼中的嫌惡。他冷哼一聲，帶著阿旺跑向了與她相反的山路，看來目的地是上方的關卡。

那眼神絕對帶著滿滿的厭惡，佳永撇撇嘴，不屑地往另一個關卡前進。

要比誰比較厭惡誰，此刻她對利新的厭惡可不比他低。

本來，佳永平時也只是和利新打打鬧鬧，絕對沒有認真找過碴，為什麼利新會像是看到仇人那樣瞪著她？如果是因為競爭關係，她跟利新很少同台競爭，這次也是因為湊巧，有必要如此敵視嗎？

而那賭注更是令佳永憤怒，竟提出要她的寶貝弟弟妹妹當僕人這種要求，這次就算利新是一起長大的鄰居，她也絕對不手軟，賭上山路通的綽號，也要盡力擊潰他。

黑炭有點擔憂地望著全身緊繃的她，發出嗚嗚的叫聲。

「沒事的，黑炭，我很有精神喔。」很有精神地要拿下冠軍。

佳永和黑炭順利找到其中一個關卡。規則手冊中說明，在眾多關卡中，能找到三個關卡，完成關卡任務，最後抵達終點才算完成比賽，連關卡都找不到的狗兒，將直接淘汰出局。

他們抵達的第一關是『穿越障礙』。

救難犬必須有良好的穩定度，能勇敢跨過各個不同的地形，所以類似爬坡、鑽地洞、蹺蹺板等變化地形的道具，都會是關卡項目。

「以前兒童組明明沒那麼多花招的。」佳永懷念那時的簡單。黑炭已經克服了對獨木橋的等設備的倦怠，在關卡裁判的審核下，豪不費力地走完蹺蹺板和地洞。

他們抵達的第二關是『在煙霧中吃點心』。

救難犬可能會面對各種情況，其中之一是在煙硝中工作，所以能不畏懼煙霧，不被迷霧所惑，是救難犬的要求之一。

才華洋溢的黑炭當然輕鬆過關。

「只剩最後一關了。」佳永忍不住笑了起來。

原來競賽這麼輕鬆，她之前還擔心了那麼多，真是白費了。當然這也都是黑炭的功勞，聰明能幹的黑炭，比其他老練的參賽者都要來的穩健完成任務。看來三人組雖然討人厭，看狗兒的眼光倒是很好。

不管是穩定性，勇敢度，積極度，黑炭都遙遙領先其他狗兒，加上佳永和弟弟妹妹們的訓練，黑炭完全媲美專業的救難犬，能力超群。

佳永面露微笑，意氣風發地站在三叉路口，得意的餵黑炭喝水。

此時此刻，他們還花不到一個小時，就完成了兩個關卡，而前往終點的路她再熟悉不過了。

第四章　山路競賽

聽說每年的冠軍，也就是利新組，平均費時兩小時，只要在兩小時內抵達終點，勝利就是屬於他們的，時間綽綽有餘啊，要她不得意也難啊。

接下來，只要選對最後的挑戰關卡，就能順利贏得競賽了，冠軍手到擒來。她要利新他們好好為污辱了爸媽，傷害了弟弟妹妹道歉。

此刻，佳永面前有兩條路，一條往上，會順勢通往終點，一條往下，通關後必須繞路才能抵達終點。

「往上的關卡距離終點近，關卡任務可能難一點，往下的關卡任務或許簡單些，雖然比較遠……，但只要能抄近路回終點就沒問題。」

既然她是山路通，當然知道近路。佳永毫不猶豫地腳尖往下，順利找到了關卡。

偏偏關卡的招牌上，竟寫著『手繪地圖』。

佳永臉色泛白，暗叫不妙，這是下下籤啊！聽爺爺說，近幾年來，有些關卡任務會結合時事，像她眼前的這個，就是為了調查台灣原生品種石虎，在山中的棲息狀況而設計的。他們必須拍攝一些照片，幫助保育團隊調查生態，尤其在現今，石虎的生態環境逐年被破壞的情況，多少能提供些幫助。

如果抽中這類任務，就必須花費比其他關卡多的時間完成，還不能放棄，放棄視同棄權。

佳永哭喪著臉，雖然不想詛咒他人，現在卻也只能默默希望別組遇上同樣難搞的任務了。

當佳永來回奔波，終於拍到指定照片回到關卡據點，順利繳交任務相片後，關卡內，已經有數名比她晚到的同組參賽者，直接棄權了。

「雖然最後一關運氣不好，但看來我們還算有領先？」她努力保持希望。「接下來才是重頭戲，黑炭，我們得拚了，準備好了嗎？」

來回奔波並未削弱黑炭的體力，黑炭以一貫閃亮的眼神回應。

「準備好就走吧，衝刺囉。」

佳永領著黑炭，開始最後的短跑。

路上已經有許多完成關卡任務，快速前往終點的參賽者。

有些參賽者認為，走在既有的道路上，就是最快又安全的捷徑，但既有的道路都擠滿了競爭者，毫不暢通。另有些參賽者則時而走山路，時而鑽進小路，靈巧地避開了人群，但當在狹路中遇上競爭者，那更是擠上加擠，連

迴身的空間都沒有。但除了這兩條路，也沒別的路了，除非還有其他絕招。而佳永就擁有那項絕無僅有的祕招。

第三條通往終點的路線，是不轉彎，直線抵達的一條路。

佳永依舊違背眾人行進的方向，來到了一片長滿綠樹的山壁前，她蹲了下來，並將背包中的布帶拿出來，嚴密地綁在身上。

那條布帶是包括她在內，許家三個小孩從小用到大，準備留著當傳家寶的嬰兒揹帶，沒想到除了嬰兒，還可以拿來揹小狗。

「黑炭，上來。」

黑炭竟搖搖尾巴，開心地爬上佳永的背，任隨佳永用揹帶固定住牠。

佳永打算走的路，是年輕力壯，訓練有素的當地居民才敢攀爬的山壁，而且還揹著黑炭爬。

他們在訓練黑炭時，意外發現黑炭喜歡被揹，一爬上佳永的背，就很難請牠下來，得出動牛肉小餅乾才行。於是他們半開玩笑地將這特點當成絕招，沒想到真的派上了用場。

山坡險而陡峭，但搭配沿途的綠樹枝幹和突出的岩壁，佳永偏偏就是能安穩地站在斜坡上，毫不受重力影響，像隻猴子般迅速向上攀走。

佳永身強體壯，年輕靈巧，加上熟悉地形，是攀岩好手中的好手，這也是她敢接下打賭的原因之一。她不僅是山路通，還是攀岩高手，而這祕密武器，除了家人，鮮少人知道。畢竟誰會沒事，突然徒手攀登起岩壁來呢？片刻間，她就將三十分鐘的路程縮短成五分鐘，順利登上山壁，再穿過一片樹叢，她就可以抵達終點了。

放眼望去，終點前沒有其他隊伍，看來穩贏了。佳永好整以暇地收好揹帶，掏出準備好的牛肉小點心誘下黑炭。沒想到，就在她小歇片刻時，從草叢中竄出一個身影，直接與她撞在一起。

利新滿身樹葉，臉上都是刮痕，該是注意到她領先了，不顧安危硬從樹叢中衝出的關係吧。佳永心中給他一個讚，但她賭上地可是弟弟妹妹的微笑和尊嚴，她立刻調整腳步加速衝刺，利新緊追在後。

兩個各自賭上尊嚴的勇士搏命相鬥，終點就在眼前。

第五章
失蹤的家人

頒獎總是幾家歡樂幾家愁。

幾個小時前，佳永在終點前與利新撞在一塊時，還以為自己會輸掉眼前的優勝，那是參賽以來，最緊張的一次。

她沒命似的帶著黑炭狂奔，利新和阿旺也像鬼魂般緊跟在身後，兩人的距離只差幾步，如果不是佳永選了攀爬的直路，她絕不可能領先那幾步，最後以幾秒之差贏得冠軍。

頒獎時，光是站在利新旁邊，佳永都可以感受到他散發出的憤怒和不悅，連其他參賽者都備感尷尬，紛紛遠離他倆。

若是平常，佳永會加減鼓勵他幾句，但這次佳永選擇忽略，比賽原本就有輸有贏，尤其對手如她，有著必勝的動機，既然是公平競爭後的輸贏，就讓各自去消化自己的悔恨與喜悅吧。

早在佳永確定得勝後，弟弟妹妹就一直用崇拜的目光追隨著她。

佳永踩著喜悅的腳步躍下講台，迫不及待要與弟弟妹妹分享獎盃。佳瑾和佳昫也奔了過來，佳煦還一頭撞上她的肚子，剛好死命抱住她。

「姊姊，贏了贏了！」

「這就是獎盃啊，好漂亮喔。」

「這可都是你們的功勞喔。」

佳永摟著佳煦轉圈圈，對小妹又親又揉。

在他們三姊弟歡欣慶祝時，原本在遠處交談的利新三人組，表情陰森地迎上前來。

「恭喜。」一點都不恭喜的表情不只是普通的猙獰，是非常猙獰。「你們賭贏了。」

佳煦神氣地抬著頭。「按照賭注，你們之後不可以再說我們父母的壞話了。」

「哼，不說就不說。」黑熊咬牙切齒的回應著。

看到一旁利新的表情，蒼白又陰沉，實在太恐怖了，原想就這樣結束對話，簇擁著弟弟妹妹想趕緊回家的佳永，卻被利新喊住了。

「對了……我聽說要請奪冠的隊伍集合拍照，就在廣場前面。」

「喔，好，謝啦。」

既然順利保護住弟弟妹妹了，佳永也不討厭利新了。於是她落落大方的伸出手，「利新，你最後跑得很精彩，如果不是我剛好早你一步開跑，可能輸的就是我了，雖然不知道你為什麼討厭我，但我們和解吧？」

不知道是不是錯覺，利新的表情更扭曲了。

「……好。」利新僵硬地伸出手和佳永交握，表情陰森。「我剛剛說錯了，集合的地點好像是在靠後面預賽場那邊，我帶妳過去。」

利新竟然主動提議幫她，天要下紅雨了吧？

「姊？」佳瑾拉著佳永的衣角，擔憂地望著她。

「我去去就回，你們先帶黑炭去和爺爺會和吧。」

佳永是不計前嫌的人，既然兩人剛剛和解了，她當然大方接受利新的提議，她將黑炭交給佳瑾，準備跟著過去集合。

「黑炭也要去喔。」黑熊笑的殷勤，語氣輕快的提醒佳永。

佳永又將黑炭帶在身邊，跟著三人組來到預賽場，那邊正好是收拾整理的時刻，人群來來往往，各種道具被搬來移去，很是混亂。

「嗚。」黑炭突然機警的豎起耳朵。

佳永感覺黑炭莫名的想往山的方向走，使命的在拉扯著牽繩。

「黑炭，怎麼啦？」

「許佳永，快點。」

佳永只好趕緊跟上利新，卻擠進了一群工作人員中間，人來人往的，佳永一個踉蹌，重重跌在地上，手中的牽繩也脫落了，還好附近的人察覺的快，人群散了開來，有人伸手將她扶了起來。佳永拍拍渾身的泥土，發現手掌擦破了皮，傷口又痛又熱。

「沒事吧？」

「沒事。」

「欸，妳是這屆青少年組的冠軍啊。」

「對耶，小妹妹，妳和妳的狗好厲害啊，打破了歷屆紀錄，是近幾年跑最快的喔。」

「而且你們還抽到下下籤，要拍任務照片是吧？這樣都能得第一，實在太厲害了。」

人們你一言我一句的，滿滿的誇獎讓佳永好是害羞。謝過那些好心的工作人員，佳永拉拉手中的牽繩，手中卻空無一物。

她趕緊低頭尋找牽繩是否掉到地上，沒有。

她又看了看附近，想找到黑炭的身影，沒有。

不知何時，利新的身影不見了，她一個人實在找不到集合的地點，決定還是帶著黑炭回家人身邊，沒有拍到照就算了。

「黑炭？」

附近的人稍微讓了讓，但在滿地的工具和人群中，依舊難以找到黑炭的身影。

「黑炭？」

佳永提高音量，奇怪了，平時只要一叫黑炭的名字，牠馬上就會出現，現在卻苦等不到蹤影，

「黑炭。」

在擁擠的人群中，佳永難以看清附近的狀況。她試著退出人群，擠到廣場外圍的山邊小路。

「黑炭？」

還是沒有回應。

第五章　失蹤的家人

「黑炭！？」

佳永有些心慌起來，她直覺發生了不好的事。

此時，佳永再也顧不得流血的手掌，黑炭怎麼會沒有回應她？她邁開腳步，繞著廣場打轉，大聲呼喊起來，聲音焦慮又驚慌。

廣場的人們有些好奇的看了她幾眼，但很快又繼續收拾起來。

到處都是人和人們的狗，佳永認真地盯著那些不同品種的狗看著，希望能看到自己熟悉的那雙亮晶晶的黑眼。

難道是跑進山裡了？

佳永跑離廣場，開始往山的方向尋找。

她沿著附近的山路找了又找，卻一無所獲。

佳永心慌的不得了，又徬徨無助地繞了一遍山路，她可是道路通，沒有她不知道的小路，不可能會找不到，但她繞了一遍又一遍，卻依舊一無所獲。

佳永回到廣場，看著逐漸收拾好東西，慢慢散去的人群，佳永終於接受了殘酷的事實，黑炭走丟了。

們。

◆

「現在已經天黑了，你們別進山裡了，要找等明天再找吧。」

在經過不知道第幾遍的巡視後，熟識的工作人員大叔冷靜地勸說著他們。

佳永緊摟著不安的佳煦，牽著佳瑾冰冷的小手，沉默地聆聽難以接受的建議。她當然知道，就連當地居民要摸黑上山，都得要全副武裝，並且只走在熟悉的路線上，通常是不會放任小孩在夜裡到處亂跑的。

山城裡半放養的狗不少，加上黑炭又是有名的接送犬，大叔並不認為黑炭會在這小山城中走失。「可能只是貪玩，不久就會自己回家了。說不定等你們回家，黑炭已經在家裡等你們了呢。」

「可是……」

「反正先回家吧，老許還在等你們呢。」

的確，爺爺也跟他們一樣焦急，一直默默地守在原地，等待黑炭或者發現黑炭的消息。在無計可施的情況下，佳永只好帶著弟弟妹妹，乖乖跟著爺

爺回家等待。

垂頭喪氣的四個人一回到家中，馬上從前院找到後院，再從後院找回前院，就希望如大叔說的，黑炭已經在家中等待了。

結果並沒有。家中空盪盪的，不管是前院或後院，到處都看不到那活潑的小黑狗身影。佳永此刻才真正意識到，黑炭的存在如此重要，已經是他們寶貝的家人了。

此刻，沒有好動的黑炭奔跑的客廳，竟然顯得空曠起來。她將冠軍獎盃隨手扔在角落，冠軍犬不在旁的獎盃，就只剩下空洞。

無聲的晚餐過後，他們坐立難安地聚在客廳裡，有一搭沒一搭的商量著尋找黑炭的方法。

佳永回想起平常的這個時候，佳煦會趴在地上寫作業或畫畫，黑炭躺在旁邊，偶而與她滾成一團。佳瑾則端坐在客廳桌前寫作業，偶而將滾成一團的黑炭和佳煦推開，維護自己的領地。三個人加一隻狗，總是打打鬧鬧的爭奪著與黑炭滾地的權利。

現在，佳瑾像斷了線的提線娃娃，垂頭喪氣地呆坐在桌前，提不起勁的亂寫一通，偶而嘆幾聲氣，不時注意著有沒有一團女孩與狗來搶他的地盤。

佳煦則蜷縮在黑炭的小床邊，像個摔壞的不倒翁，明明不應該倒下卻翻倒在地上，偶而莫名抽動幾下小腿，好像想滾一滾伸展伸展，卻又因為一個人打滾太寂寞而作罷。

門外一有風吹草動，佳瑾和佳煦就會跳起來衝到門邊，然後一次又一次地被夜間散步的鄰居所騙，眼睜睜看著其他人和平的日常，他們卻得吞下無法平靜的夜晚，再次失落的回到原位，繼續當個斷線娃娃和被絆倒的不倒翁。

看著弟弟與妹妹委靡不振的模樣，佳永下定決心。

「爺爺，如果天亮黑炭還是沒回來，我就去找牠。」

許爺爺嚴肅的點頭。

「我也要去。」

「還有我。」

耳尖的佳瑾慌張地站了起來，佳煦也不滾了，兩人急忙圍到佳永面前。

包括自己在內，大家有多焦慮，佳永心知肚明。

第五章　失蹤的家人

「我們一起去，一定要把黑炭接回來。」

漫長的夜晚過去了，黑炭徹夜未歸。

◆

隔天一早，天空才露出了微光，天色還是淡藍色的，許家三姊弟就已經全副武裝，一身輕便保暖的衣物，並帶上各種可能會用到的物品，向熟的不能再熟，此刻卻陌生異常的山裡出發。

他們腳步飛快如行軍，有默契又有效率，沒多久就抵達了昨天的山道。

在前往山道的路上，佳永不只一次責備自己，如果當時她更謹慎一點，就不會和黑炭走散，讓弟弟妹妹跟著傷心擔憂一個晚上，事到如今，她只能祈禱絕不要用到背包裡的物品。

「就是在這附近走散的。」

「昨天能找的地方幾乎都找遍了，」佳瑾皺著眉頭。「要從頭找一遍嗎？」

佳永搖頭。「我想了一個晚上，沒道理我們這麼熟這座山，卻完全找不到黑炭。」

「黑炭被綁架了？」

佳永再次搖頭。

「如果是被人帶走，那一定會被抓到，城裡的人大家都認識黑炭，而且爺爺也問過了，沒有人看到可疑人士。」

「黑炭果然迷路了嗎？」

佳永第三次搖頭。

「這絕對不可能，黑炭就跟我們一樣，對這裡很熟，更何況牠的嗅覺聽覺都很靈敏，不可能迷路。」

「黑炭躲起來了……」佳煦哀怨的說。「因為我老是把牠壓在地上嗎？」

「還是因為我強迫牠吃潔牙餅乾？」佳瑾的聲音充滿了悔恨。

佳永竟然點頭了。

佳煦和佳瑾瞪大了眼，不敢相信這竟是黑炭失蹤的理由。

「你們的做法真的不好，我平常就說過了，要對黑炭溫柔點。」但他倆就是不聽，一個特別愛跟黑炭亂玩，一個則嚴厲管教黑炭，本來想趁機訓誡

他們，但看到佳瑾和佳昫淚眼汪汪的模樣，佳永就心就軟了，她從來就沒辦法認真對他們發脾氣。

「我也不是要罵你們啦，」只是想機會教育一下。「剛剛佳昫說，黑炭躲起來了，我想，黑炭可能是被藏起來了。」

「被藏起來？」

「嗯，如果黑炭行動自由，不可能不回應我們，也不會不回家，唯一的可能，就是牠被困住了，或者……」佳永停頓了一下，考慮要怎麼說才不會嚇到他們。「可能受傷了。」

佳瑾想到出門前，姊姊和爺爺一起整理了醫療包放進背包，現在終於明白理由了。

「我已經想好了，等會兒就沿著那片區域找，」佳永指著不遠處的山區。「那塊地區有滿多死角，而且最近那邊地層下陷，我們都習慣避開了，所以昨天也沒仔細往那邊找，今天就從那開始。」

兩個孩子認真點頭，開始他們的收尋任務。

「黑炭。」

「黑炭！」

一聲聲的呼喊響透山谷，清晨的山區多霧水，空氣中瀰漫著一股冰冷的水氣，讓他們微微顫抖著。

「姊，」走了幾十分鐘，佳瑾突然停下來，指著一片茂密的姑婆芋叢。「這邊好像有聲音。」

「真的有聲音，很小聲。」

佳永試著伸長脖子探望，但那片斜坡長滿了比人臉還大的姑婆芋叢，茂密的程度很難看透。

佳永嘆了口氣。可能是野豬，可能是山羌，也可能是猴子，山上太多野生動物了。黑炭怎麼可能會在那洞中？但以防萬一，她還是決定冒險下去勘查。

「你們在這等我，我下去看看。」姑婆芋是含有劇毒的山區常見植物，為了避免碰觸這類植物，他們都穿著薄外套，帶著棉布手套，腳上則穿上止滑防水的登山靴，確保在濕滑的山路上平安行走。

佳永俐落地撥開葉片，穩穩地踩在陡斜的山坡上，一步一步慢慢往下探

尋。陡峭的山坡壁上，長著多種綠葉植物，佳永利用攀岩的技巧，搭配那些植物的枝蔓穩住步伐，慢慢接近了那細微的聲響。

那聲音到底是哪種動物發出來的呢？佳永一邊想著各種可能，一邊努力往下探察。

即使特別小心了，在泥濘的斜坡上，佳永還是踩滑了，她趕緊抓住最近的一根樹枝，穩住姿勢。她鬆了一口氣，頭一抬，卻發現眼前的山壁上，在茂密的綠葉中，竟出現了一個凹洞。

洞中有個小黑影，佳永瞇著眼睛探看，等到眼睛終於適應了昏暗的洞穴，只見一團黑色的小動物捲縮在泥洞中，虛弱地嗚咽著。

那是他們連續找了好幾個小時的寶貝黑炭。

我家也有狗英雄

第六章

坍塌的洞

佳永的心漏跳了一拍。怎麼會是這種情況？

泥洞中，黑炭看見了佳永，牠虛弱地舉起尾巴搖著，圓圓的黑眼睛露出喜悅，牠試圖爬起身來，卻又跌了回去，牠的腳被糾結的繩子纏住，受困坍塌的泥洞中，原本黑得發亮的皮毛打結成塊，沾滿泥汙。

佳永只覺得呼吸困難。

她曾想像過各種找到黑炭的可能性。她想過黑炭突然健康出現，他們開心重逢；或者黑炭突然被某個認識的叔叔阿姨帶回來，他們開心重逢；或者黑炭帶著一隻漂亮的母狗出現，他們開心重逢。無論哪個想像，他們最後都開心重逢了。

昨晚她整夜無眠，其中也有最絕望的想像，那就是黑炭變成一團冰冷的屍體，但她馬上就甩甩頭，將自己的恐怖妄想甩掉，這樣反覆了好幾次，各種思緒在腦中翻騰，直到天空終於泛白為止。

佳永努力打起精神，這不是最絕望的狀況，黑炭還能搖尾巴，還能發出聲音，雖然看起來有點虛弱，但看起來沒有致命的傷勢，這也算是開心的重逢了。

等等他們馬上就送牠去醫院，等牠治療好，一切就可以回歸到原本開心的日常了。

佳永示意在陡坡上方的佳瑾將背包拿出來。

「姊，找到黑炭了嗎？」

「你們先把擔架準備好。」

佳煦聞言，就哭了起來。

「黑……黑炭還好嗎？」

「我準備揹牠上去，把揹帶給我。」

佳瑾顫抖著將背包中的揹袋拿出來打結，丟給佳永，她俐落接住。

當碰到柔軟的布料時，她突然覺得呼吸穩定了許多。

為了弟弟妹妹，她得鎮定下來。

看到黑炭捲曲著的模樣，她自己其實也害怕得不得了，但佳瑾看似驚慌，卻還能仔細完成打結的工作，而佳煦也已經在準備擔架了，沒事的，黑炭一定能平安度過。她相信，只要他們三姊弟齊心合力，任何問題都可以迎刃而解，哪一次不是這樣呢？

當務之急，是先將黑炭帶上斜坡，離開那該死的洞穴。

佳永再次深呼吸，她好想伸長手臂，快點摸摸黑炭小巧的頭，梳齊牠糾結的皮毛，試著安撫牠，也安撫自己，可惜黑炭在她伸手不及的深處。

「黑炭乖，姊姊馬上帶你回家。」

「嗚……」

佳永適應了黑暗，仔細觀察起洞內的情況。

黑炭整個身體都陷在凹陷的泥洞中，半趴的牠試圖站起來，腳邊卻有團殘破的尼龍網，緊緊纏繞著牠的後腿。

佳永彎低了身體，試探的伸出腳踩了踩泥洞的邊緣，確認落腳點平穩後，她一躍而下，跳進了歪斜的洞中。

總算能摸到黑炭了。

佳永踩著泥地走近黑炭，黑炭開心的掙扎著想起身，但依舊無法從網中掙脫。

佳永蹲在黑炭身邊，摸了摸牠圓圓的頭，冰冷的觸感讓佳永緊張起來。

她趕緊從背包中拿出各種道具。他們出發前，爺爺為他們準備了各種東

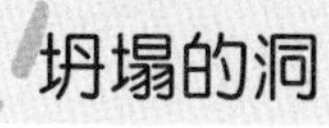

西，她原本想拒絕，現在卻很感謝爺爺的杞人憂天。

大剪刀、小刀、鋸子、一字剪、螺絲起子、連老虎鉗都有，難怪背包那麼重！她剛剛爬下斜坡時，可是比平時都要費力啊。爺爺到底以為他們會遇到什麼情況啊？

佳永拿起剪刀，開始憤恨的剪斷尼龍網。

就是因為這個網子，才讓黑炭被困在洞穴中一整晚，讓佳瑾和佳煦像一雙壞掉的玩具，毫無生氣地過了一整晚，讓她和爺爺相對無言，苦嘗無力的感受失眠一整晚。

尼龍網纏得很緊，深陷入黑炭的血肉中，網子本身也緊繞在泥洞中外露的樹根上。

或許黑炭掉進洞裡後，被尼龍網纏上了，奮力掙扎下卻越纏越緊，所以才會弄得一團亂，被緊綑在洞中。

佳永思索著各種可能，不過最恨的還是亂丟垃圾的人，如果這鬼東西沒有被丟在山裡，沒有隨著時間被埋進土裡，沒有被雨水沖刷又露了出來，黑炭也不會被困在這裡，一切都要怪那個沒有公德心，亂丟垃圾的陌生人，佳永詛咒那沒見過面的人哪天也被尼龍繩纏住。

憑著那股怨氣，佳永以令人驚訝的速度剪開了尼龍網，甚至還用大花剪砍斷了幾根樹根。雖然對這破壞舉動感到些微的罪惡感，但黑炭優先，也顧不得大自然了。

在佳永奮力下，黑炭終於擺脫了繩子和樹根的束縛。

佳永小心地抱起黑炭，檢查牠的傷勢。

黑炭的腳看起來很糟，原本光滑亮麗的黑色皮毛已剝落，變得血肉模糊，還散發著些微酸腐的血腥味。

黑炭腳上還有幾圈深陷進肉的尼龍繩，佳永心疼不已，但不敢擅自碰觸傷口，打算直接送到獸醫院，請專業的醫生為黑炭治療。

「黑炭，忍耐一下，姊姊要背你喔，上來。」

黑炭嗚咽一聲，掙扎著爬上佳永的背。

她謹慎地將嬰兒揹帶綁在黑炭的屁股上，再小心翼翼地固定住牠的背和腿，黑炭溫馴地任隨她照顧，柔弱地就像個嬰兒。準備工作做好後，就是佳永的拿手絕活了。

第六章　坍塌的洞

雖然胸前掛著沉重的背包，背後攀著虛弱的黑炭，憑著一股怒氣，佳永毫不猶豫地迅速向上爬，速度之快，恐怕是她自己攀岩以來的最佳紀錄。

轉眼間，佳永已順利揹著黑炭脫離斜坡，回到了弟弟妹妹等待的地方。

「黑炭！」佳煦撲向前，想緊緊抱住牠。

「等等，黑炭受傷了。」

佳煦瞬間凍結在原地，眼淚嘩啦啦地流了下來。

他們三人小心翼翼、七手八腳地讓黑炭躺在簡易的擔架床上，並用揹帶固定好牠，小心翼翼的不讓牠受到任何碰撞。

好不容易找到黑炭，姊弟三人卻懷著沉重的心，抬著黑炭往下山的路前進。

佳永的計畫是，沿著寬廣的車道先帶黑炭回家，再讓爺爺開車送黑炭到山下設備較齊全的診所看獸醫。

但佳永越走越急，好幾次都讓步伐較小的弟弟妹妹得小跑步才跟得上，還好黑炭固定在擔架上，否則就要摔下擔架了。

或許她應該自己揹著黑炭，先走小路回家，能多快就多快地將黑炭送去就醫？

就在佳永猶豫間，一輛車從後方山路駛來，她示意佳瑾和佳煦靠邊暫停，讓汽車先通過，沒想到那輛陌生的車卻也放慢了速度，在他們身邊停了下來。

佳永困惑地看著車子，熟悉的人從車上下來了。

「爺爺！」

「你們都還好嗎？黑炭怎麼樣？」

老許快速地檢視了三個小孩，確認三人都沒有受傷後，就盯著虛弱地黑炭，看到牠血肉模糊地後腿，老許的心都涼了。

「爺爺……」

佳煦淚眼汪汪地看著老人家，讓老許更是心疼。

「快點上車，鬍子剛好來找我，他要載我們到獸醫診所去。」

開車的正是前不久才遇到的鬍子叔叔。

在爺爺的指示下，佳永和弟弟妹妹三人合力，小心翼翼地將黑炭抱上了車，讓牠躺在佳永的大腿上。

第六章　坍塌的洞

看大家都坐穩了，鬍子叔叔馬上驅車下山。

車內的氣氛凝重，只有黑炭偶而發出的嗚咽聲。佳永和鄰座的佳瑾不停地撫摸著牠，希望牠安心。

往山下獸醫診所的路還有段距離，平穩的車速讓佳永稍微冷靜了點，忍不住提出疑問。

「爺爺，你怎麼會和鬍子叔叔在一起呢？」

鬍子叔叔回答了。「我和你們爺爺是老朋友了，聽說你們是他孫子時，我也嚇了一跳呢。我是攝影師，這次打算幫山路競賽拍個專輯，老許幫了我很多忙，今天一早去你們家，想再幫冠軍隊多拍幾張日常照，沒想到聽老許說了這件事，我就提議開車，和他一起到山上來接你們。」

「對啊，而且鬍子叔叔還要幫黑炭治療呢。」爺爺感激地說。

「叔叔，你不是攝影師嗎？」

「我是啊，獸醫是我老婆，剛剛已經聯絡她了，她在山下開診所，可以治療黑炭。」

他們想起那個接走了鬍子叔叔，看起來很和藹的阿姨。

「真是飛來橫禍，明明才剛拿到冠軍，怎麼會發生這種事？」

鬍子叔叔語氣毫不隱藏對黑炭的同情，讓佳永忍不住又啜泣起來，隔壁的佳煦則毫不掩飾地大哭起來，佳瑾也吸著鼻水。

虛弱的黑炭不明所以，還不停地舔著佳煦的手，希望能安撫她。

「放心吧，我老婆很厲害，」鬍子叔叔趕緊安慰他們：「她經驗豐富，什麼情況都遇過，人脈也很廣，一定可以讓黑炭得到最好的治療，你們不用擔心。」

佳永點點頭，他們這麼幸運遇到了鬍子叔叔和阿姨，黑炭一定會沒事的。

◆

車子駛進市區，總算抵達獸醫診所，他們匆匆下車，急忙將黑炭送入診所。

明亮的診所讓佳永安心許多，佳瑾和佳煦不安地拉著她的衣角，那位見過一面的和藹阿姨，還有一個不認識的阿姨站在櫃台前迎接他們。

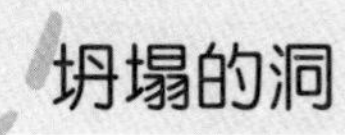

「我在電話裡聽說了，」和藹阿姨講話速度毫不和藹，又快又清楚地下令：「馬上帶牠到診間。」

佳永小心翼翼地將黑炭放到診療台上，臨走前又摸了摸黑炭的頭，不捨地看著牠。黑炭水汪汪的眼睛回望著她，眼中充滿了信任。

將黑炭留在診間，他們終於可以鬆一口氣了。

黑炭現在安全了，他們找到了牠，把牠救了出來，並盡可能快地送到了醫院，好像老天也在幫助黑炭一樣，他們這麼幸運，接下來的治療一定也沒問題。

他們三個渾身泥巴，又濕又餓，早餐已經消化得差不多了，彷彿感應到他們的飢餓，爺爺提著一袋熱騰騰的包子進來，還一人一杯熱豆漿。

佳煦的口水都流了出來，佳瑾只比她好一點，還知道要把嘴巴閉上。

姊弟三人並肩坐在診間外的白色塑膠長椅上，安靜迅速地吃著肉包，還不時抬頭確認診間的情況，期待著門打開的時刻，等著和黑炭重逢。

佳永開始計畫著，等黑炭治療好了，或許需要休養一陣子，他們得要煮很多肉給牠吃，但黑炭年輕，應該很快就會復原，不久就可以每天一起上放學了……

◆

不知過了多久，久到佳永突然睜開眼睛，才發現自己等到睡著了。

佳瑾和佳煦一個坐在佳永左邊，一個依偎在佳永右邊，兩人也都體力不支的打著瞌睡。連診間的門終於開了，和藹阿姨表情嚴肅地走出來，都沒能吵醒她倆。

爺爺趕緊迎上前去，佳永想站起來跟著湊過去，但小傢伙們的頭壓在她肩膀上，她只好用視線緊盯著阿姨和爺爺……但，怎麼沒看到黑炭呢？

和藹阿姨看了他們一眼，輕聲和爺爺交頭接耳起來，好像在說甚麼祕密。

「組織已經……還有感染……必須要……肢……，馬上動手術……」

佳永拉長了耳朵，還是聽不太清楚阿姨的聲音。黑炭應該已經治療好了，但是為什麼爺爺和阿姨都一臉嚴肅？

他們終於結束了交談，爺爺表情凝重的向她走來。

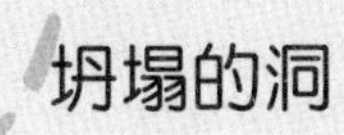

第六章　坍塌的洞

「佳永，你們做的很好，還好你們盡快找到黑炭了，再晚點，黑炭或許就會因為傷口感染死掉了。」

佳永不解的點頭。

所以黑炭平安了，但為什麼爺爺卻一臉沮喪？

「獸醫說，黑炭的後腳組織已經壞死，還有細菌感染的狀況，他們決定馬上動手術，幫黑炭……」

幫黑炭？

佳永腦中一片空白，懷疑自己的耳朵。

她聽力很好，視力更不用說，而且長相清秀、身材高挑、腦袋機靈、身手矯健，備受同學羨慕崇拜。被這樣厲害的她順利救下兩次的黑炭，也應該是最幸運的小狗。

她以後再也不打架了，也不跟利新計較了，她會更努力當個好榜樣，保護弟弟妹妹，保護黑炭……。

細菌感染、壞死……動手術……縫合……。

那些字眼從她腦中浮現到眼前，每一個都好像扭曲漂浮在空中的蝌蚪，形狀怪異，佳永一個也看不清楚。

診間上方綠色的手術燈亮了起來，她呆坐在冰冷的塑膠椅上，身邊一雙弟弟妹妹緊靠著她，他們還在休息補眠，對此一無所知。

佳永死瞪著白色的地板，面如白蠟。她要怎麼跟弟弟妹妹說這件事？要怎麼跟他們解釋？又要怎麼安慰他們？

不知過了多久，一滴汗掉落在地，佳永這才發現自己全身已被冷汗浸濕，發起抖來。

第七章 失敗的姊姊

頒獎那時，曾聽到有人說，黑炭初次參賽就奪冠，就好像註定是個英雄般閃耀登場。佳永還記得自己當時聽了很愉快，甚至有點沾沾自喜，為黑炭感到驕傲。

可是，只剩三隻腳的狗怎麼當英雄？

「我不是好姊姊……」佳永摸著黑炭，輕聲地說。「如果那時候，我有好好看著你，沒有讓你走失就好了……」

天還未亮，聽到房內有了動靜，佳永趕緊起身準備早餐，假裝自己也剛起床，而不是待在黑炭身邊一整夜的模樣。

黑炭後腿組織壞死，進行了截肢手術。手術結束，從獸醫院回家休養，已經過了好幾個星期。還記得牠剛回家時，虛弱地躺在軟墊上，佳永從早到晚都盯著那短少的一節腿，綁著的繃帶好像在責備佳永，『妳不是個好姊姊，看看妳做了什麼好事。』

「黑炭，來。」

佳永端著每天為黑炭烹調的營養料理來到牠身邊。一聞到食物的香味，黑炭就搖著尾巴，掙扎著從小床上挺起身體，虛弱地挪動到食物面前後，又

第七章　失敗的姊姊

疲倦的趴了下去，幾乎是貼著盤子緩慢地進食。

「姊姊，今天也好早呢。」

「姊，黑炭的早餐我來弄吧，你還要煮我們的耶。」

「沒關係，一起煮很方便。」佳永避開弟弟妹妹的視線，匆匆將早餐擺上桌。

佳瑾和佳煦兩人對看了一眼，無言地看著佳永忙進忙出。

和剛聽到截肢消息時相比，佳瑾和佳煦已經冷靜許多，似乎也接受了現狀，一個每天和佳永一起幫黑炭進補，一個每天和佳永一起幫黑炭按摩。

因為是重大傷患，黑炭每天吃著油滋滋的高蛋白肉品，還好牠除了疲態，看不太出沮喪的模樣。昨天是大塊剃除骨頭的魚肉，前天是大塊水煮雞胸肉，今天是大塊水煮白豬肉，幾個星期下來，黑炭除了傷口復原良好，還肥了幾公斤，多了一些肥肥的脂肪，從原本結實的肚子上垂了下來。

每天除了孜孜不怠地餵黑炭吃大餐，還得趁黑炭撐著肚皮，一臉飽後呆的狀態時，細心幫牠換藥。

「嗷嗚。」挺著肚子的黑炭，徒勞無功地掙扎著想逃跑。

只見佳煦四肢並用，彷彿摔角選手般緊緊固定住黑炭，佳永則俐落接過佳瑾整理好的紗布繃帶，細心地為黑炭的傷肢清潔換藥，她仔細觀察傷口，發現幾乎都癒合了，或許下次複診後，就能痊癒了。

「嗷嗚……」

「哇嗚，黑炭忍耐一下。」

「黑炭加油！」

黑炭邊哀號邊掙扎，佳煦跟著哭，佳瑾在旁邊擤鼻涕，這就是出事之後，許家每天的早晨。

聽到弟弟妹妹的啜泣聲，佳永深吸一口氣，提醒自己振作，將在眼眶打滾的眼淚逼回淚腺。她是姊姊，不可以哭，要堅強……可是……可是，佳永又第一百零一次深深地看著黑炭短了半截的後腿，無言地結束了換藥與包紮。

或許佳瑾和佳煦看似接受了現況，但對幼小的他們來說，每天面對黑炭的傷勢，依舊是沉重的負擔。

現在不管她怎麼做，都無法彌補自己的失誤了，傷害已造成，她再也無

法有自信的說自己是好姊姊，可以把弟弟妹妹照顧好了。

◆

黑炭重傷的休息傳得飛快，小城裡每個人都知道新出爐的冠軍犬憾事。而看到每天上學路上，沒有黑炭陪伴的許家三姊弟，臉上顯露出的陰沉和嚴肅氛圍，更是令人難以靠近。

他們失去的不僅是黑炭的半截後腳，還有姊弟間歡樂的日常。

「今天一樣在圖書館集合喔。」佳永扯動嘴角，露出勉強像是微笑的表情。

佳瑾和佳煦沉默的對看了一眼，無奈地各自走向教室。

姊姊已經鬱鬱寡歡一個多月了，他們也還在調適中，不知道怎麼安慰姊姊。一直以來，父母選擇奉獻的大愛之路後，他們就依賴著姊姊像盞明燈般，為他們指引方向，陪伴和引導他們。但從來沒有看過明燈也有黯淡無光的時候，如果姊姊都無法釋懷，他們又怎麼會處理這樣的狀況呢？

好不容易捱到放學，又是一個沒有黑炭迎接的『日常』。

許家三姊弟出了校門，三人步伐沉重，一步步往家的方向前進，往黑炭的方向前進。

「喂，許佳永。」

佳永毫無生氣地回頭。不管是誰要做什麼，她都沒心情理會，她只想快點回家照顧黑炭。

「妳忘了今天要當值日生，竟然先落跑啊？」

利新一臉不耐地站在校門口，旁邊當然跟著保育二人組。

「你們爸媽一定是因為你們太蠢了，所以才不回來的……」

看到黑熊和森鼠緊拉著他搖頭的模樣，利新猛然想起前不久才約定過，不再拿許家父母開玩笑，利新一臉懊悔，他太習慣用許家的情況出言諷刺，沒了這個梗，他還不知道要拿什麼話來攻擊許佳永咧。

附近的學生經過聽到，紛紛交頭接耳議論起來。

「聽說他們爸媽不回來了？」

「不是說是因為工作嗎？」

「不知道啊，你剛剛沒聽到嗎？不回來了？」

第七章　失敗的姊姊

無情的流言傳進他們耳中，壓力爆表的佳煦眼見就要掉眼淚了，佳永趕緊擁她入懷。「你們明明就說過不會再說了。」佳永低聲抗議。

「我……反正妳快點回去打掃。」

「你怎麼不先道歉啊？」佳煦抹掉淚水，氣憤的掙脫佳永的懷抱。

黑熊不耐煩地揮了揮手。「本來就是許佳永先不守規矩的，還要我們來通知她。」

「姊姊又不是故意忘記的，都是因為黑炭……」

利新的臉色變得很難看。「妳不要說得好像你們很可憐一樣，那件事我們也很遺憾啊，誰想的到……」

「誰想的到你們這麼蠢，竟然會把狗弄丟啊！」黑熊趕緊插嘴。

森鼠聽了，也大聲附和：「對啊，誰叫你們自己太笨，黑炭真倒楣，如果一開始讓利新養，一定不會牠受傷，搞到現在只剩三條腿，真是有夠慘。」

這句話完全戳到佳永的痛處，她沒保護好黑炭，讓弟弟妹妹難過，這些都是她的錯，所以現在她唯一能做的補償，就是絕對不准任何人欺負弟弟妹妹。

「你們先回去，我打掃完馬上回去。」她推著弟弟和妹妹，希望不要再讓他們聽到任何的有關爸媽的話了。

「沒關係，我一個人可以。先回家吧。」

「妳這姊姊做得有夠失敗的！」看著佳永呵護弟弟妹妹的模樣，利新火氣又上來了，咬牙切齒地說。

確認送走了弟弟妹妹，轉身走進校門的佳永突然停下腳步，回頭瞪著利新。「你有種再說一遍。」

看到佳永憤怒的表情，利新瑟縮了，但從小佳永選擇弟弟妹妹那時起，他就下定決心，絕對要全力擊潰許佳永，讓她嚐嚐被否定的痛苦。

「要我說幾遍都可以，妳弟弟妹妹，爸媽，黑炭，還有妳爺爺現在一定恨死妳了，都是妳的錯，如果不是妳，黑炭也不會斷腳，妳弟弟妹妹不會每天愁眉苦臉的，」

佳永原本想像平常一樣，好好的修理利新一頓，讓他再也不敢口出惡言，沒想到利新的話像利刃穿心，讓她完全洩了氣，氣都漏光了，全然提不起勁扁他。

「啊，或許你說的對吧，我的確很失敗……」

佳永沮喪地放下拳頭，失落的轉身走進校門。

「許佳永，妳這孬種！」

被佳永漠視的利新，氣急敗壞的追了上去。

他還寧願她動手扁他咧，竟然表現得這麼鬱悶，完全不像平時兇悍的模樣。利新不甘心被無視，他甩下書包抓住佳永的襯衫，朝她的臉毫不留情地揮拳。

佳永毫無準備的挨了一拳，咬破嘴角，鐵鏽般的血腥味在嘴中炸開，終於讓她胸中莫名的壓力爆了開來。她回過神來舉起拳頭回擊，兩人就在校門口扭打起來。

黑熊和森鼠見狀，馬上加入戰局為利新助陣。

雙拳難敵四腿，何況是六腳？沒有保護弟弟妹妹的動力驅使，佳永很快就吃了好幾拳，但仗著她天生體格強壯，身形又靈巧，而利新原本就矮小，面對高壯的佳永，認真打起來，一點便宜都佔不到。

至於森鼠矮胖又沒啥力氣，黑熊長的高壯，卻是虛有其表的書呆子，揮出的拳頭甚至比不上佳煦搏命一擊，更別說她訓練有術的鐵拳了。

混戰中，森鼠原想從後架住佳永，將她拖離和利新的纏鬥，在和另外兩人合力把她當沙包打，沒想到佳永靈巧轉身，拖著利新撞向森鼠，森鼠被甩向飛踢過來的黑熊，兩人跌成一團，暫時退出混戰。

利新從地上爬了起來，憤怒地看著被放倒的好友，鼓起勇氣全力撞向佳永，卻被佳永抓住，緊壓在地一陣亂打，這次換比佳永高壯的黑熊，終於順利從背後架住了她，將她拖離利新。

但即使被架住了，佳永依舊奮力亂踢，肘擊黑熊、猛踹森鼠、頭撞利新，像隻發怒的龍蝦般瘋狂亂竄。

當老師抵達時，佳永已經被揍的鼻青臉腫，但是另外三人也沒好到哪裡去。四人都掛了彩，每個人都氣呼呼的，也絕口不說打架的理由，老師只好狠狠訓戒了一番，又加罰了打掃和罰寫後，才把他們丟進廁所反省。

默默刷洗鏡子的佳永，看到自己的左眼腫了起來，瘀青的像隻熊貓，嘴角都是破皮，指關節不用說，全身上下除了摔在地上擦破的皮，瘀青也不少，她眼角餘光瞄到在刷馬桶的三人組，走路還一拐一拐的，心情總算平衡了許

第七章　失敗的姊姊

多。她渾身痠痛的洗著洗手台，莫名的寂寞湧起。想想也的確，她很少自己一個人走路上下學。每天，即使放學時間不同，弟弟和妹妹都還是會在圖書室等她，乖乖做著功課，就為了三人一起回家。而有了黑炭後，不管上學或放學，這段路走起來就更熱鬧了。

一天到晚跟弟弟妹妹膩在一起，要說她保護弟弟妹妹，倒不如說弟弟妹妹陪伴著她走過所有的喜怒哀樂。

她不爭氣的又想掉眼淚，趕緊粗魯抹掉，打死她都不想讓利新看到自己窩囊的樣子，肯定又會被嘲笑一番。

這樣失敗的她，怎麼還能期待弟弟妹妹信任自己呢？

她越掃越失落，頭低的幾乎要貼上鏡子了，眼前突然出現一隻白嫩的小手。

「你們怎麼……」佳永驚訝地瞪著突然出現的小妹。

「我們有回家喔，有件事一定要先讓姊姊知道，所以就來接姊姊了。」

佳昫拿著刷子，驚訝的看著姊姊臉上的瘀青。「姊，我幫妳報仇。」

眼見佳煦又要用頭錘攻擊馬桶三人組，佳永趕緊拉住她。「沒事啦，利新他們更慘。」

佳瑾和佳煦看到另一頭跛腳的三人組，還算滿意的點了點頭。

「姊，我們幫妳刷。」佳瑾拿著刷子準備大顯身手。

她瞥了瞥角落的三人組，利新瞪了他們一眼後，冷漠地轉頭繼續刷馬桶。看來是已經累到懶得管了，只想快點做完自己的份，盡快回家。

他們安靜迅速，有默契又有效率地打掃著廁所。看著趕回學校來幫自己的弟弟妹妹，佳永忍不住微笑了起來，先前寂寞的感覺稍微消散了一些。

◆

「妳打輸啦？」爺爺在門邊問到。

「我一打三，他們更慘。」

爺爺默默點頭。「玩鬧也要適可而止，下次小心不要受傷了。過幾天鬍子叔叔會拿……」

佳永一屁股坐在院子的木椅上，打斷了爺爺的話。「爺爺，我感覺好糟喔，還把利新當沙包出氣……」

盯著佳永看了許久，爺爺默默嘆了口氣。「妳看看院子。」

佳永乖乖探頭看了。

院子裡，三隻腳的小黑狗和剛回來的弟弟妹妹倆興奮地跑來跑去。黑炭雖然跑的跌跌撞撞，但每一次卻依舊精神充分地重新站起來，。

「黑炭會走路了！……啊！要跌倒了……」佳永呆呆的看著黑炭不穩地撞來撞去，摔倒後又再爬起來。

佳煦和佳瑾則是一再地鼓勵著牠，對待牠的方式就跟沒受傷前一樣，只是放慢了速度，讓黑炭能跟上他們。她一直不敢去想之後黑炭要怎麼行走，現在一看，果然很辛苦。

「他們去接妳，就是想讓妳快點看到這個。」

佳永又黯淡了下去，整個人癱軟在椅上。「一跛一跛的，都是我不好……」

「妳這幾個星期都沒什麼笑容，也不跟佳瑾和佳煦玩，一股腦的在照顧黑炭，卻總是一臉愧疚。妳有注意到，佳瑾和佳煦很擔心妳嗎？」

佳永默默點頭，爺爺責備的都對，她是糟糕的姊姊，連情緒管理都做不好。「我不僅沒有照顧好黑炭，還讓佳瑾佳煦傷心了，我不是好榜樣……」

爺爺又深深嘆了一口氣。「妳這麼懂事，妳爸媽一定很欣慰，可是這樣不是真的好榜樣喔。」

佳永困惑了。「爺爺……我聽不懂。」

她一直努力遵守和父母的約定，成為弟弟妹妹的好榜樣……但她失敗了，害弟弟妹妹傷心，害黑炭受傷，害黑炭以後只能跛著腳走路，而且還讓弟弟妹妹擔心她……，她的思緒好像陷入了迷宮，她重複的在這些字句上打轉，最後得到的結論都顯示著，她不是好姊姊。

爺爺走進屋內，拿著一本相簿出來，他將相簿遞給佳永。

佳永接過翻開，那相簿裡滿滿的都是他們小時候拍的照片。

佳煦從小就活潑，照片中的她總是跳著跑著，得要姊姊抓著她，才能留下清楚的畫面。佳瑾不管什麼時候都很穩重，即使人在玩自由落體也可以保持面無表情。

「好懷念啊，這些照片。」

許多照片是八歲的佳永和兩個弟弟妹妹的合影。佳永還記得，那時正是

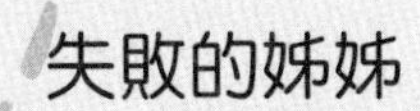

第七章　失敗的姊姊

她開始愛上弟弟妹妹的時候，她每天都黏著他們，還到處宣示她要當全世界最完美的姊姊，當弟弟和妹妹的好榜樣，就跟爸媽是她的好榜樣一樣。

想著想著，佳永又悲從中來。

「爺爺，我沒有做好……如果這時候，爸媽在就好了……」

爺爺第三度深深地嘆了一口氣，這口氣長到連佳永都覺得有夠做作，決定暫停一下悲傷的心情，看著爺爺等他開口。

確定佳永專心聽了，爺爺才慢慢開口了。

「妳知道，為什麼你們爸媽這麼放心，敢把年紀還小的你們交給我，下定決心去災區工作嗎？」回想起往事，爺爺不禁感到汗顏。「畢竟我只是個老鰥夫，突然要我當保母，我也很慌張啊，可是為了不愧對過世的老太婆，讓兒子兒媳能圓夢，我還是硬著頭皮接下來了。」

佳永意外地聽到有關父母的事。

她與忙碌優秀的父母聚少離多。印象中，爸爸是個話很多，很愛拍照的人，所以他們才有現在這一本本的相簿。媽媽則俐落能幹，雖然不太愛說話，但每天都會煮她最愛吃菜給她吃，即使弟弟妹妹出生了也沒冷落過她。

全家合照的相片中，她抱著露出甜美微笑的佳瑾，鮮少微笑的媽媽也微微笑了，讚賞地看著她，爸爸則慌張地架住佳煦，免得她跑出鏡頭外。

「因為我很會照顧弟弟妹妹？」

「照顧嘛……除了會帶他們去打架以外，其他都做的滿好的。」

爺爺的直白讓佳永的臉又垮了下來。

「我果然很糟糕……」

「不不不……」發現自己說錯話了，又讓佳永陷入消極，爺爺趕緊訂正。

「妳照顧得很好，主要是因為妳很喜歡妳的弟弟妹妹，妳爸媽他們考慮了很久，一來當然是因為你們還小，最後是看到妳一臉堅定的說，自己絕對會當弟弟妹妹的榜樣，好好照顧弟弟妹妹，他們才下定決心，他們認為與其為了照顧你們，勉強放棄等待好久的機會，不如努力實現夢想，更能成為你們的榜樣。

就是因為妳說要當榜樣，才讓他們記起自己該做的事。他們希望做自己真正想做的事，為你們豎立榜樣，要你們未來也做自己想做的事，好好活出自己的人生。」

佳永一臉意外，她從來沒想過，自己的童言童語可以激勵父母，鼓勵了父母去做想做的事。

「佳瑾和佳許一直很關心妳，因為妳太想當個好姊姊了，他們也想幫妳，不僅是讓妳一直照顧他們，或許妳可以趁這個機會好好想想，怎樣才是一個好姊姊呢？」

「不就是保護弟弟妹妹嗎？」佳永困惑了，她一直都以此為目標，除了這個，還有什麼可以證明她是個好姊姊？

「可是不管妳做什麼，有做或沒做，妳都是好姊姊喔。」

「做錯事了也是好姊姊嗎？」

爺爺點頭。「比起做錯事，妳做了更多對的事啊。妳知道嗎？這幾個星期啊，他們都在想，要怎麼樣才能讓妳振作起來，今天他們回來，本來是臭著臉，佳昫還哭了很久，結果一看到黑炭可以走了，馬上就吵著要去學校接妳，」

想到佳昫哭泣的小臉，佳永愧疚的頭都抬不起來了。

「他們想讓妳看看，黑炭已經恢復到跟以前一樣，活蹦亂跳的樣子，」

「可是我犯的錯還是一樣，再怎麼活蹦亂跳，黑炭都不可能像以前一樣了……」

「比起自責，妳可以想想，要怎麼幫黑炭重新站穩腳步啊。」

「重新站穩？」

「黑炭並沒有氣餒，妳看牠，雖然只剩三隻腳，一直跌倒，可是牠每一次都站起來了。」

的確，黑炭不只沒氣餒，還發福了，現在正活力十足的追趕著小妹，偶而反過來被小妹追趕。

「黑炭可沒有放棄喔。」

佳永看著在院子裡跌跌撞撞的黑炭，一再地爬起，一再地跌倒，卻沒有失落地呆在原地不動。或許就如爺爺所說，黑炭並沒有因為失去一隻腳，就消沉失落，在弟弟妹妹的鼓勵下，一次次重新站起來的黑炭，讓她不禁看得入迷了。

可是，要怎麼讓少了一隻腳的狗，站的跟原本一樣穩？

第八章 身為姊姊

老樹下的診所旁，為了掩人耳目，有人低聲地竊竊私語著。

「聽說許佳永又開始訓練那隻黑狗了，該不會打算參加秋季競賽吧？」

「只剩三隻腳的狗能做什麼？」

「我也這麼覺得，可是你沒看到那隻狗跑的樣子，雖然一跛一跛的，可是還是厲害耶。」

「欸，利新，怎麼辦啊？」森鼠焦慮的聲音傳來：「如果那隻狗真的參加比賽，那我們該不會又要輸給牠了吧？」

「利新，如果真的像森鼠說的一樣，三隻腳還要參賽，那就糟了，」黑熊也著急了。「不能再讓許佳永出風頭了，被奪走連冠已經很丟臉了，如果連那隻狗只剩三隻腳我們都比不過，就真的丟死人了，我們會被笑一輩子的。」

黑熊說的對，他們輸給黑炭之後，同學們對許佳永的崇拜又上升了，加上黑炭的悲慘遭遇，大家幾乎都關注著黑炭的傷勢，原本只有在競賽時才會受到注目的他們，現在連這點注目都沒了，甚至還被嘲笑，想來就可恨啊。

「好吧，」利新再三思考著，終於猶豫地說：「不然就像上次那樣，不過，這次弄遠一點，總不會又這麼倒楣，剛好被垃圾纏住吧？」

「現在哪還有閒情擔心那隻狗啊！」

「那……那就做吧……」

他們三人討論結束，匆匆離開了老樹下。

◆

三人的前腳才離開，老樹背後卻有一雙小腳在掙扎著亂踢。

佳瑾用盡吃奶的力氣，緊緊摀住佳煦的嘴，再用雙腳緊緊夾住她，才沒讓佳煦一聽到黑炭名字當下，馬上衝出去質問那三個人。

起初，當三人組沒注意到他們，還站在樹下大聊天時，佳瑾原本想拉著佳煦轉身就跑，免得被找麻煩，姊姊不在身邊，他們倆可是經不起打的，可是聽到黑炭的話題，終於忍不住還是抓著佳煦擠進了樹影中，豎起耳朵偷聽起來。期間還得被診所圍籬內的小豬騷擾，驚險程度已超過生性低調的他能負荷。

確定三人組走遠了，佳瑾才放開佳煦，小妹也總算冷靜了許多。

他倆互看了一眼。

「聽到了？」

「聽到了。」

「快點回家跟姊姊說。」

他們倆往家的方向飛奔而去，想快點告訴姊姊這驚人的祕密。尤其事關黑炭的失去的那半截腳，就更是憤慨。

◆

院子裡，三隻腳的黑炭輕快地走著，少了半截後腿，牠以點踏、點踏的節奏前進。雖然還無法奔跑，但不愧天資聰穎，黑炭已經逐漸找到技巧，能走得相當穩健。

「黑炭啊黑炭，」佳永入迷地盯著黑炭看了許久。「你怎麼會這麼有精神呢？」

自從跟爺爺聊過之後，佳永就將全部的心力放在幫黑炭復健上。

多虧了佳瑾的聰明建議，他們決定依造過去的訓練幫黑炭做復健。訓練

中使用的各種設備，可以讓黑炭以現在的姿態，重新適應身體肌肉的使用方式。

帶著黑炭慢慢複習所有訓練，花了比先前更多的時間。

佳永發現，因為只有三隻腳，所以黑炭的速度笨拙不少。但當牠逐漸找到訣竅平衡後，慢慢地就不再跌倒了。

不受少了一隻腳困擾，順利完成任務的黑炭慢步回到佳永身邊，臉上寫滿了得意，閃閃發亮的眼睛放射出『快點誇獎我』的訊息，佳永又心疼又無奈，趕緊送兩塊牛肉小餅乾到牠嘴裡。

「你說說，你有什麼做不到的？嗯？又聽話又體貼，又靈敏又忠實，意志堅定、勇敢、乖巧、意志堅定……。」佳永勤勞的幫黑炭搔耳朵，默默地數著黑炭的優點，「欸，重複了，還有你又香又可愛，身材又健美，聰明，很會照顧人，也很會撒嬌，撒撒大王、撒嬌魔王……」

一邊聽著讚美，黑炭滿臉期待地躺在地上，三腳朝天露出逐漸恢復結實的小腹，扭扭身體鼓勵佳永更直接的讚美牠。

佳永嘆了口氣，配合地蹲下去，賣力地幫黑炭摸摸和抓抓肚皮。「真是一點都沒變，不就是順利走過了獨木橋嗎？這也可以讓你這麼驕傲喔？」

抓了一會兒，佳永抱起黑炭，輕輕握著牠傷殘的後腿，腿上還綁著白色繃帶，但她知道，傷口已經癒合的差不多，等會兒或許就能拆線了。

「黑炭，你明明少了隻腳，可是你一點都不怕，還是那麼有精神，我好想跟你一樣，也這麼勇敢喔……」

她一直以為，做一個好榜樣，就是時刻擋在弟弟妹妹面前守護他們，但不知從何時起，弟弟妹妹已經不需要她保護了。回想起來，她才注意到，以前不管去哪，弟弟妹妹都要她陪伴，現在弟弟妹妹已經可以自己出門，每件事情都自己做，也越來越能幹獨立。

「不需要我保護了，那以後我要怎麼做，才能當個好姊姊？」

「汪。」

躺在佳永懷裡的黑炭，輕輕將前腳放在她肩膀上，彷彿在鼓勵著她，讓佳永忍不住露出笑容。

「這樣啊，只要跟你學習，我也可以囉，你真棒，真聰明。」

「汪。」然後黑炭扭轉身體，又露出小腹等待著。

「唉，好好，我幫你抓抓。」

佳永再次陷入無限循環的抓抓地獄，黑炭一來勁，有時候要抓上半個小時牠才滿足。

「那時候，為什麼你會離開我身邊呢？」佳永納悶地問。

依照黑炭學到的訓練，沒有她或弟弟妹妹的指令，黑炭都會乖乖待在他們身邊，不可能會亂跑，但黑炭只是露出一臉無辜的表情，沒有回答。

「汪！」

「嗯？」佳永腦中突然浮現了一段畫面，她想到了一個可能。「該不會是……」

「佳永，出發囉。小傢伙們呢？」

爺爺的呼喊打斷了她的思緒，她趕緊抱起黑炭，強制結束抓癢時間。「他們去診所當義工了。」

這也是個不知何時開始的事情之一。

以往，不管佳瑾佳煦去哪，佳永都會跟著去，但最近，佳瑾和佳煦更常彼此作陪，有時候甚至自己安排好行程就出去了，讓她這個姊姊好寂寞啊。

「那我們早去早回，鬍子叔叔也會過去呢。」

佳永笑了，沒能見到鬍子叔叔的佳煦，回來一定會大聲抗議，為何不等他們就先走了。她抱著黑炭坐進車內。

「汪嗚。」黑炭的耳朵垂了下來。牠恐怕是知道自己又要被帶去那充滿刺鼻味道的小房間了，所以緊緊攀附在佳永身上，可憐的發著抖。

「那也是為你好啊，走囉，黑炭。」

◆

診所內，除了和藹的獸醫阿姨，鬍子叔叔在看診期間，一直和爺爺兩人交頭接耳，這讓佳永很在意。

而診療台上，黑炭不安的嗅來嗅去，得要靠佳永固定住牠，獸醫阿姨才能順利做檢查。

「好了，黑炭很有精神呢，這樣就沒問題了。」阿姨邊說邊將黑炭的腳放下。「傷口癒合的很順利，本來狗的耐痛能力就比人類強上好幾倍，加上你們每天細心照料，又餵牠吃好料，好得很快呢。」

佳永總算放心了，趕緊抓住機會，問了她一直在意的事。「黑炭走路還是很跛，有方法幫牠嗎？」

「鬍子叔叔有喔，去找他吧。」

佳永滿懷期待的領著黑炭離開診療室。

鬍子叔叔拿了一個箱子過來，他把箱子遞給佳永，他們打開一看，裡面裝著一根金屬製的物品，上面還附著三角形狀的皮帶。

「叔叔，這是什麼？」

爺爺顯得很開心，一臉期待的看著那根金屬。

「這是狗專用的義肢，我認識的朋友送的，讓黑炭試試吧，牠用義肢走路，可以減少另外三隻腿的負擔。」

佳永驚嘆的看著鬍子叔叔為黑炭裝上金屬義肢，並仔細地調整尺寸，讓義肢完全固定在黑炭腳上。黑炭困惑的聞著自己後腿上多出的怪東西，最後決定追著後腳轉圈圈，一臉嫌惡地想將義肢咬下來。

「黑炭……」

「你們多觀察牠的反應，不舒服的地方慢慢幫牠調到舒服，如果牠很不喜歡就不要勉強，如果看起來還適應，可以讓牠裝著多走路，等牠學會用義肢，再參加比賽就不是問題了。」

佳永原本感動地看著黑炭的新腿，一聽到比賽，馬上改變表情，堅定地搖頭。「不行，黑炭不會再參加比賽了。」

「你們不打算參加秋季競賽嗎？」鬍子叔叔顯得很訝異。「黑炭雖然少了一隻腿，但除了速度以外，牠依舊是我見過最敏銳的狗，牠一定還可以再拿下其他冠軍的，不參加不就可惜了？」

「不行，」佳永還是搖頭。「為了黑炭的安全，不能參加。」

「佳永，」爺爺語重心長地說：「這不是真正的守護，妳這是剝奪了黑炭的機會啊。」

佳永不是不懂爺爺的說的話。「可是……除此之外，我又還可以怎麼保護牠呢？黑炭不需要贏得冠軍，牠當普通的看門狗就好了。」

「但是妳一定有感覺到，黑炭喜歡幫助人們，對吧？」

「牠天生就是救難犬，參加比賽可以讓牠被看見，或許未來還能有機會讓牠去參加救難啊。」

佳永為難的看著還在跟義肢奮鬥的黑炭。「讓我想想吧，起碼……這次的秋季競賽不會參加。老實說，以後連去山裡我都不想帶牠去了。」

忽略掉鬍子叔叔一臉惋惜，佳永打算鐵了心，不再讓黑炭到比院子更遠的地方，這也是為了保護牠的安全。

鬍子叔叔和爺爺無言的看著一臉堅毅的佳永。而當事者黑炭毫不知情，自己未來只能待在院子裡活動了，正努力認真地和那黏在腿上的怪異東西戰鬥著。

鬍子叔叔最後退讓了，無奈的笑了笑。「那等妳改變主意，決定參賽時，一定要通知我，我可是想把黑炭所有的英姿都照下來的呢。」

佳永點頭，但她知道，自己不會改變主意。

◆

當晚，急忙趕回家的佳瑾和佳煦，一看到黑炭，就被牠的新造型給嚇傻了。

「黑炭長出新腳了！」

「傻瓜，怎麼可能，這是義肢啦。」佳瑾首先回過神來，他冷靜的推推眼鏡，一臉讚賞的打量著黑炭的新義肢。「黑炭走的好穩喔。」

「鬍子叔叔說，等適應之後，說不定還可以跑步呢。」

「太棒了，那等黑炭參加秋季競賽時，就不用擔心跑不贏其他動物了！」佳煦興奮的說。

佳永定格在原地，手上還拿著幫黑炭理毛的梳子。

爺爺默默閃進了廚房，假裝沒聽到暴風雨即將來臨的訊號。佳永平時對弟弟妹妹百依百順，但一旦做了什麼決定，可是很固執的呢，他才不要被捲進爭吵之中咧。

假裝沒看見爺爺跑掉，佳永煩惱著要怎麼跟弟弟妹妹解釋。

「黑炭不會參加比賽喔。」佳永決定直接說。

黑炭事不關己的專心抬腿，嘗試用義肢搔癢，意外地可以抓到癢處，牠顯得很高興，又發現了怪東西的新用處。

「為什麼？」佳煦不解的問。「黑炭已經復原了，現在也有義肢了，只要好好練習，一定可以走得很好，為什麼不參賽呢？」

第八章　身為姊姊

「不僅是參賽，以後黑炭也只能在院子裡活動，不能再帶牠出門了。」

「欸？」

佳瑾和佳煦一臉惶恐，那他們花了整個下午制定的計畫要怎麼辦？

「可是……姊姊，黑炭一定要參加這次的秋季競賽才行。」

「為什麼？」換佳永一臉困惑了，她皺了皺眉。「黑炭參加一次比賽就傷成這樣，作為飼主，我們有責任保護黑炭不再受傷，當然不能再參賽啊。」

這是什麼鬼邏輯？聰明的佳瑾決定一吐為快。「姊，我們今天想了很久，一定要讓黑炭參加這次的秋季競賽，就算是為了保護黑炭，不，應該說，就是為了保護黑炭，所以才要參加。」

佳永越來越困惑了。「保護黑炭？……不行，今天鬍子叔叔也問我，要不要讓黑炭參加秋季競賽，我馬上就拒絕了，不用我說，你們也知道秋季競賽有多危險吧？那可不是只有人多而已喔。」

佳瑾和佳煦面面相覷。

過了好一會兒，佳瑾才又吞吞吐吐的說：「可是姊姊，那樣對黑炭不好吧？」

「對啊，這樣就不能出門了，黑炭很可憐耶。」

佳永沉默了。不只是爺爺和鬍子叔叔，連佳瑾和佳煦都覺得這樣不好，那她到底該怎麼做？

「姊姊，其實有件事，剛剛應該先跟妳說的，可是剛剛玩黑炭的義肢玩太久，忘了先說……」

佳瑾和佳煦兩人對看了一眼，有默契的點了點頭。

佳永被他們倆的言行搞得莫名其妙。

但是經過這次事件，她已經搞不清楚要怎麼做才能成為好姊姊了。那就直接問佳瑾和佳煦吧，不管他們說什麼，她都要認真聽，看她還能為他們做什麼。

在佳永的鼓勵下，佳瑾將稍早在診所大樹旁聽到的事，一五一十地說了出來。

聽完佳瑾的描述，佳永驚訝的張大了嘴，連在廚房偷聽的爺爺也瞪大了眼。

「利新？你是說住對面的那個利新嗎？」

佳瑾慎重地點頭。「就是住對面的那個利新。」

「那個老是嘲笑我們，沒事愛找我們打架的利新？」

佳瑾再次慎重地點頭。「就是那個老是嘲笑我們，總是愛找我們打架的利新。」

「那個利新怎麼可能會傷害小狗？」

佳瑾和佳煦腦中浮現起不久前，利新還試圖將黑炭綁起來強迫練跑的畫面。

「姊姊……」佳煦忍不住翻了個白眼，「你自己都說他沒事老找我們打架了，怎麼不可能？」

「可是……」佳永還是難以置信。「打架跟傷害小狗是兩件事，利新不會故意虐待動物的。」佳永雖然討厭利新，前陣子還久違的狠揍了他一頓，但從小認識的情誼不是假的，利新溺愛阿旺到愛屋及烏，所有犬科動物他都迷戀著，即使偶而會做出旁人無法理解的行為，卻不曾故意傷害動物。

「王家的利新不會傷害小狗的……」爺爺也難以置信地搖著頭。

「欸……可能他沒有想到那樣會傷到黑炭吧？」佳瑾做了個還算客觀的

猜想。

佳永突然想起利新三不五時展現的白目行為，還有隨意打破承諾的輕率態度，平時也傲慢自大，還老是惡整她，終於放棄地點頭，同意了弟弟妹妹的猜想。

她難以想像利新會因為不甘心而傷害動物，但若只是因為衝動而犯錯，就很像他會做的蠢事了。他不只一次不自量力出言挑釁他們，也不止一次和他們互毆到渾身是傷，卻從沒學到教訓過。

「所以黑炭會受傷……是因為利新受不了輸掉三連冠，綁架了牠，接下來還打算綁第二次嗎？」

佳瑾和佳煦猛點頭。

「如果你們想的是對的，」佳永嚴肅的表示：「那這件事不能這麼算了，我一定會要利新負責，黑炭可是差點沒命，還少了一條腿，我馬上去找他問清楚。」

佳永說完，轉身就要衝到相鄰十公尺的利新家敲門，把他叫出來打一頓……不對，要先問清楚，不然就變成她專門上門扁他了。佳永趕緊提醒自己先後順序，免得變成自己有錯在先了……

佳瑾趕緊拉住她。「姊，如果是他做的，他怎麼可能會承認？」

佳瑾說的對。「那怎麼辦……果然還是先揍他一頓，然後再逼問他？」

「他也不是逼問就會承認的人啊。」佳瑾想起自己和妹妹偷吃糖被抓到時，除非糖就在手上，不然兩人每次可是都否認到底呢。

「姊，所以我們再參加一次比賽吧。」

佳永一副吃到苦瓜樣子，表情都皺在一起了。

「哥哥也聽得很清楚，」佳煦維妙維肖的模仿著利新的語氣。「『像上次一樣，這次弄遠點！』」

「所以不能再參加啊，果然還是直接去扁他一頓嗎？把他們打到所有祕密都吐出來比較實在。」佳永扳動著手關節說到。

「不行啦，哪有人什麼都用拳頭解決的？我和佳煦想到了方法，只要姊妳做的好，一定可以保護黑炭，同時讓他們向黑炭道歉的。」

「這樣不是要拿黑炭的安全打賭嗎？」佳永堅決搖頭。

「可是姊姊一定會保護黑炭的，」佳煦用毫不保留的眼神，崇拜的盯著佳永。「姊姊，對吧，我們一定可以打敗王利新，要他直接跟黑炭道歉。」

佳永陷入兩難，她才決定要保護黑炭，怎麼可以讓黑炭又陷入險境？

「我們所知道的姊姊，才不是這麼膽小呢，妳一定可以既保護好黑炭，又找出真相！」佳瑾難得激動。「不要把黑炭藏起來，讓牠自在的奔跑吧！而且，姊，你還有我們在啊，我們一起來守護黑炭，讓傷害黑炭的人道歉，妳不要一直想保護我們，我們也想要支持妳啊！」

「姊姊，我喜歡妳做自己喜歡做的事，我最喜歡姊姊了。」佳煦熱情地抱著佳永。「比賽中的姊姊最帥了，我想要看更多姊姊活躍的樣子！」

看著佳煦和佳瑾閃閃發亮的眼神，佳永突然想起，自己也曾經這麼看著父母的背影。父母離去的背影充滿自信，非常帥氣，她從不覺得他們很自私，反而就是因為爸媽以實現夢想為優先，她才對他們佩服的不得了，即使有時寂寞，也忍耐著全力支持著他們，

看著一雙弟弟妹妹，她突然知道怎樣當個好姊姊，成為好榜樣了。為了弟弟妹妹，她也要向爸媽那樣做自己喜歡的事。

她喜歡登山攀岩、運動、照顧弟弟妹妹和黑炭，還喜歡幫助別人和痛扁

找她家人麻煩的傢伙們。釐清了自己的喜好後，她已經搞清楚現在該做的決定是什麼了。

「我知道了，那就參加吧。」

「ＹＡ！」

佳瑾興奮地跳了起來，一改平時冷靜的模樣，而黑炭一臉懵懂，不知道自己錯過了什麼，就突然被佳煦撲倒，久違的一起在地上打滾。

看著弟弟妹妹快樂的模樣，佳永也被感染了，還瞄到爺爺偷偷在廚房擦眼淚……只是她忍不住擔心，他們接下來要面對狀況最多、最難預料的秋季競賽，事情會那麼順利嗎？

我家也有
狗英雄

第九章 秋季競賽

　　山城秋季競賽，是個真正具有當地特色的山路競賽。盛大程度可比擬年節，許多外出的遊子都會回來共襄盛舉，是連當地人當不敢掉以輕心的複雜比賽。

　　這競賽有幾個特色，一是參加者幾乎都是互相認識的居民。二是全城不分男女老幼都會參賽，且是完全不分組的大混戰。三則更是超乎常理，原本應是只有狗兒參賽的比賽，不知何時開始，出現了許多不同種類的動物，而大會竟也默許，只是近幾年為了安全理由，添增了些不同的規則。

　　例如：

　　不可隨便超越阿嬤等級的參賽者，必須再三確認安全後才可超車。

　　不可回家吃午餐。

　　不可扮裝。

　　不可順便獵野味回家。

　　不可攜帶保育類動物參賽。

　　不可放任夥伴咬其他參賽者或夥伴（豬或雞或兔子……等）。

　　不可將弟弟妹妹或長輩登記為夥伴動物。

第九章　秋季競賽

……

看了以上的規則，大概就可以理解，這其實是個很和樂的社區康樂活動了。只是有時太過和樂散漫，反而提高了危險度。

佳永也曾一直將秋季競賽當作是郊遊踏青的好日子，還輪流將佳瑾和佳煦登記為夥伴動物，直到去年被發現。主辦單位於是新增規則，禁止將人類登記為夥伴動物為止。她從沒想過，自己有一天會在秋季競賽上認真比賽。

只是當作郊遊踏青，當然可以玩得開心，但若是要認真比賽，對普通的參賽者來說，就是個很危險的選擇。

秋季競賽出過的狀況不勝枚舉。

曾經發生過參賽者之一的阿公和阿嬤整團消失，驚動了主辦單位和所有參賽者。最後出動整個山城的人才找到他們。原來是因為遇到回鄉的老友，直接在比賽中找了塊涼爽的樹蔭下，臨時舉辦起同學會來，忘了回家也忘了比賽。

還有小朋友堅決參賽，於是帶著寵物豬來比賽，卻差點血濺賽場，釀成終身遺憾。原來，寵物豬與雞打了起來，一番混戰後，兩敗俱傷，豬雞俱焚，主辦單位於是加了新規定，要求以後的禽類參賽者，必須加上牽繩，並與其他種類的跑者保持距離，否則取消資格。

但在人滿為患的賽道中，又怎麼可能保持的了距離呢？主辦單位的規定越訂越多，卻少有能確實執行的。

隨著科技發達，開始出現了片刻不離手機的低頭族，即使參賽也要捨命滑手機。低頭族從集合時開始打卡，一路打卡和拍照，和自家的狗兒合照完，再和別家的狗兒合照，和所有狗兒都合照完，當然也要跟非狗兒的動物合照，再從參賽者一路照到工作人員，照完後馬上上傳，上傳完又再繼續照，每個關卡都照一輪，狂熱程度逼得主辦單位為顧及安全與秩序，強制要求參賽者結束比賽後才能上傳照片，違者取消資格，而這還是秋季比賽歷年來最嚴格的規定，可見比賽的郊遊性質多濃厚。

這也是城中一年一度的懇親郊遊好時光，大家曬曬寵物、曬曬小孩，拿拿參加獎，說是全民活動也不為過，也因此，秋季競賽從不被認為是真正的山路競賽。

由於秋季競賽就是這樣一場豪不嚴肅卻混亂的比賽，是場得了名次也毫

不光彩的嚴苛競賽，在這悠哉歡樂、人人志在參加的氛圍下，今年卻意外出現了執著勝利的勇者們。

其中一組當然就是狂熱競賽，追逐連勝的競賽三人組，另一組則是為了復仇，視死如歸的許家三姊弟，這幾位勇者無視人群中瀰漫的歡樂氣氛，無視周遭異樣目光，下定決心要踩著無辜居民的身軀，克服各種極端狀況，勢必要贏過另一組，勇奪冠軍。

◆

比賽當天，這兩隊勇者混雜在雞、鴨、兔與小豬之間，各自摩拳擦掌，準備大顯身手一番。

放眼望去，今年除了常見的哺乳類，還有數隻禽類夥伴動物，都乖乖遵守新規定，用牽繩繫了起來。有幾隻猴子，一隻變色龍，有個孩子拉著一個裝了輪子的水族箱，裡面有幾條亮麗肥圓的金魚，還有幾隻稀有的五色鳥，乖巧地停在主人肩頭打瞌睡。

「爺爺……那、那是……梅花鹿嗎？」

爺爺沒聽到佳瑾的疑問，他正被另一位帶著猴子的居民吸引。一會兒，那隻帶著梅花鹿的居民，就被警察伯伯帶走了。

「欸？梅花鹿是保育類嗎？」

「今年帶豬的比帶雞的多啊……」

村內唯一的診所醫生，高齡七十的林阿婆就是其中之一，或許是年紀太大，又太親切了，大家都不稱呼她為林醫師，反而愛叫她林阿婆。她的愛豬『肥寶貝』今年五歲，是參賽老將之一。

在一堆珍禽異獸中，即使是剛出爐的三腳勇士黑炭也略顯遜色。

他們總算看到競賽三人組了。佳煦趕緊收拾起好奇心，壓低音量向佳永通風報信。

「姊姊，利新他們在那裡，我們一定不可輕敵，我想那三隻豬也是這樣想的，這場競賽，真正的障礙是那些龜速老人，今天的比賽，不能把老人當老人，要把他們當作是會移動的障礙物，或許平時她是幫你治病的林阿婆，但今天她已經不是平時的阿婆了，她是障礙物，姊姊，去把林阿婆扳倒吧！」

佳煦雙手握拳，一臉肅殺的說。

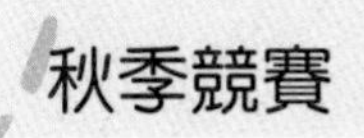

「不……林阿婆就是林阿婆，只要溫和的請她讓個路就好了，不用那麼激動……阿婆還帶著她家的肥寶貝呢。」

「姊姊，妳太天真了，」佳煦瞪著幾步遠的利新隊，對方也不甘示弱地回瞪。

「今天不是妳贏就是他亡，只有能順利超越那些老人和低頭族的人，才是贏家。」

「不……今天最重要的不是要贏，我們還有更重要的事要做……」佳瑾終於找到插嘴的機會，提醒小妹莫忘初衷。

「汪——」

「看吧，黑炭也知道呢，今天就乖乖照原訂的計劃做，你不可以亂來喔。」

佳永摸摸黑炭，幫牠調整了新項圈。為了今天，他們還特定為黑炭準備了造型可愛的新項圈，希望能討個好彩頭，順利進行『計畫』。

看到黑炭閃亮真摯的黑眼睛，佳煦這才不情不願的點頭。

此時，許家的仇敵，競賽三人組走了過來。

佳煦毫不掩飾地露出白森森的牙齒，恨不得一口咬掉利新自大的嘴臉。佳瑾只好拉著她，免得佳煦未來都被禁賽。

「許佳永，」利新瞥了一眼黑炭的義肢，沉默地伸出了手。「上次的事就算了，今天一起放鬆享受郊遊吧。」

佳永毫不動搖，也大方的伸手相握。「當然，今天就是放鬆的一天，一起玩吧。」

他倆笑得很燦爛，卻暗自使勁想將對方的手捏碎。

佳永想到，這或許是多年來，她第一次正視這個從小一起長大的鄰居。可惜小時一同玩耍的美好回憶，已經染上了黑炭失去一腳的傷痛，再也不可能回到那純真的時光了。

◆

當槍聲響起，廣場上數千名形形色色的參賽者，紛紛帶著自己同樣形形色色的夥伴動物，緩慢的開始往山道入口移動。

「姊……我快被擠扁了……」佳煦身高最矮，左一個阿嬤，又一個伯伯，

第九章　秋季競賽

毫不客氣的用中年肥肉擠壓著她。

一雙深褐色的大手突然從後伸出，一把撈起佳煦，讓她穩穩地坐在肩頭上。

「鬍子叔叔！」

鬍子叔叔招牌裝扮依舊，卡其色多功能背心，脖子上掛著他自豪的專業相機。

「還好有找到你們，我可得把黑炭完美的英姿記錄下來啊，黑炭還習慣嗎？」

佳永高興地點頭。「你看牠就知道了，牠可期待今天了。」

黑炭靈巧優雅地跟在佳永身旁。牠已經擺脫了原先的不適，將那義肢靈活自如的使用著。

「我們都很期待。」佳瑾也跟著附和：「我們為了今天，準備了那麼多東西，一定要順利才行。」

人高馬大的鬍子叔叔看了看四周。「哇，你們可要多加油啊，今天人很多呢。另外那個用的還習慣吧？」

「沒問題，已經可以熟練操作了。」

佳瑾嚴肅地點頭，這是他的提案，他一定要確保計畫成功。閒聊間，他們總算擠過了隊伍中大部分的人，來到了稍微前段的位置。

鬍子叔叔這才將佳煦放了下來。

「接下來就看你們自己的囉，我也得要顧顧本業，紀錄一下本城的傳統活動才行，畢竟我就是為這個回來的啊，我們等會兒見囉。」

鬍子叔叔揮揮手，一會兒就消失在人群中了。

◆

和鬍子叔叔分別後，此時擋在他們前面的，是三三兩兩的低頭族。看著這些年紀比他們大幾歲的學長姊，佳永覺得很新鮮。

這些時髦的低頭族穿戴著華麗可愛的服飾，蓬蓬裙和彩色內搭褲，明明不想參賽，卻礙於父母之命，不情不願地來了。雖然毫無幹勁，卻依靠著年輕的體力，以及想早點回家的意志力，不知不覺間成為前段班，領先其他參賽者。除了其中一位牽著吉娃娃，另外的都抱著兔子或老鼠。他們一邊腳步

不停歇的趕路，一邊精準地持續手上的電動遊戲或聊天社群。

低頭族是所有參賽族群中最好對付的，尤其是跟認識的阿姨或叔叔相比。

姊弟三人和黑炭，沒一會兒就靈巧的穿越了規律地低頭族，而那些時髦的青少年們甚至沒抬頭看過他們一眼。

佳永有點擔憂的發現，他們太早領先三人組了。

原因無他，因為三人組被參賽族群中，危險度最高的歐吉桑族群卡住了。被『警示』與『訓誡』絆倒，還被『自吹自擂』給拖住了腳步。

是了，在滿是熟人的社區團康活動中，自以為比你懂許多人生大道理的阿姨或大叔，可是比起老人和低頭族，還要來的更危險的競爭對手。甚至在人生中的任何一條道路上，沒有什麼比聽別人吹噓當年勇還要來的浪費生命的了。佳永在心中為利新他們小小默哀了一會兒。

就在他們左閃右閃之際，黑炭突然豎起耳朵，左顧右盼起來，並開始奮力掙脫佳永的手。

「黑炭。」

三腳黑炭像上次比賽時一樣，掙脫了佳永，但這次牠並沒有跑得很快，還不時回頭要求佳永跟上，但在佳永分神之際，黑炭已經消失在樹林間。

「佳瑾，把那個拿出來。」

能幹的弟弟點頭，不慌不忙地拿出手機，熟練開啟了衛星定位系統。

佳永一改上次的驚慌，她冷靜地按照佳瑾的指示，拐了一個又一個彎，終於在較偏遠的角落，發現了黑炭。

附近還有幾雙匆忙離開的腳印。

黑炭反常地嗅聞著地上，一再做出要求佳永檢查的反應。

佳永和佳瑾、佳煦三人互相對視，嚴肅地點了點頭。

「果然是這樣。」

黑炭似乎又聽到了什麼聲音，牠豎起耳朵，緊戒地看著遠方，又困惑的搖搖頭，最後垂下耳朵，放棄了搜尋，沮喪地靠在佳永腳邊。

「黑炭，我一定會幫你討回公道的。我們先回賽道吧。」佳永摸著黑炭毛茸茸的頭，向牠承諾。

◆

他們抄著小路返回賽道，正好來到隊伍最前頭。

在他們前方，是一群悠哉散步的老太太們，而且每位都牽著一隻小狗，形成龐大的陣容，堵住整個山路。其中牽著肥寶貝的林阿婆，也愜意地享受著森林浴。

「姊，交給我，看我把老人們通通撞飛！」佳煦捲起袖子就要向前衝。

「等等，」佳永趕緊拉住她。「林阿婆，可以讓我們先過嗎？」

以林阿婆為首的老人集團注意到他們，豪不介意的讓出了道路，一點都沒有競爭的意思。

佳煦瞪大了眼。

「佳煦妳啊，要對老人家多尊重一點，阿婆她們只是順便散步而已。」佳瑾無奈的提醒妹妹。

他們迅速跑了半個小時，閃過金魚和猴子和五色鳥，終於離終點只差幾公尺，而前方沒有其他參賽者，也沒有人有興趣競爭，黑炭的義肢狀況也良好，佳永歡快地領著弟弟妹妹加快腳步。

「姊，我們贏了！」佳煦開心的說。

「嗯。而且計劃也很順利。」

佳永也忍不住露出微笑，這真是太順利了，但還笑不到三秒鐘，一團人影突然從樹叢中竄出，打壞了他們的好心情。

競賽三人組再次現身，他們渾身沾滿樹葉、滿頭是汗、表情焦慮，肯定花了很多功夫才甩掉歐吉桑們，又花了很多時間匆忙趕路，他們看到許家三姊弟時，完全剎不住衝勢，一股腦地撞了上去，只見一群六個人精準地撞在一起，摔成了一團人球。

人球最下方，森鼠壓在黑熊身上，上面再疊上佳煦和佳瑾，利新則摔在人球外圈，被撞得眼冒金星，還被擔憂的阿旺瘋狂舔臉。

佳永摔在另一側，腦中一片混亂，只聽見黑炭一直對著自己狂吠。

「……佳煦？佳瑾？」

「姊姊，我們沒事，快走啊！」佳煦英勇的爬了起來，一腳踩在森鼠臉上，她敏捷地跳到佳永身邊，抓著她的手想將她拉起。

佳瑾跟著狼狽地爬起，在黑熊臉上也補了一腳，他拉著佳永的另一隻手。「姊，快跑啊。」

佳永點頭，蹣跚站起，小腿卻陣陣抽痛，讓她蹲在原地。

她滿頭大汗地發現自己抽筋了。

佳永抬頭，焦慮的看見利新已從混亂中爬起，豪不浪費時間地領著阿旺，使盡全力向終點跑去，但他的身形搖晃不已，看來頭還在暈的利新，無法以全速奔跑。

現在不拚，難道要辜負弟弟妹妹的期待，白廢了他們全心支持的心血嗎？

佳永心一橫，咬緊牙根忍耐劇痛，硬是撐起身來，拖著抽筋的小腿，表情痛苦扭曲，一跛一跛朝終點爬去。

她和利新再次比鄰競爭，一個跛腳，一個晃腦，表情同等猙獰地互瞪著彼此。

終點前的工作人員從未見過如此激烈的秋季競賽，也被激起了熱情，紛紛向兩人搖旗吶喊。

在熱烈的加油聲中，佳永和利新跌跌撞撞，在最後一公尺處同時奮力往前撲，哨聲響起，從未見過的壯烈競賽終於結束了。

冠、亞軍同時出爐了。

第十章 被遺忘的約定

獎台上，佳永與利新再次並肩站著，分別接受頒獎。這如同年度競賽一樣的結局過於諷刺，連頒獎人的手都微微顫抖，就怕兩位受獎者突然撕破臉，在講台上大打出手。

講台上，與緊張的氣氛不同的，是帶著肥寶貝，一臉悠哉的林阿婆。在第一、二名激烈競爭，雙雙揭曉後，林阿婆就這麼輕鬆地散著步，牽著肥寶貝悠悠哉哉的來到終點前。經過摔成一團的人球時，還發揮了職業道德，停下來關心了一會兒孩子們的狀況，接著輕鬆成為第三名抵達終點的參賽者。

此時，競爭激烈的前兩名，正互相別開彼此的眼神。斜眼瞄到矮小的利新伸手領獎，佳永閃過一抹記憶。那是許多年前，還和利新很要好的兒時記憶。他們好像曾經一起約定過，要再次並肩站在領獎台上。

不過那都是小時候的事了，利新現在是黑炭的敵人，她絕不會跟危害自己弟弟妹妹的人往來。

第十章　被遺忘的約定

總算輪到佳永領獎了。

她從頒獎人手上接過獎盃，沉甸甸的獎盃上，有著閃閃發亮的桂冠標誌，象徵著第一名。

回想當時的情況，競爭激烈的兩人竟然只有一掌之差。

兩人同時奮力向前撲，黑炭和阿旺同時通過終點線。在只有一掌之差的情況下，利新輸給了手腳比他長許多的佳永，含恨拿下第二名。

這個結果跌破所有人的眼鏡。

先不論阿旺是常勝老將，黑炭再怎麼優秀，可是卻是隻三腳狗喔。

這樣的黑炭竟然贏過了阿旺，也難怪利新面無表情，一臉麻木地拿著獎盃，黯淡地走下講台。連身旁跟著的阿旺都垂下耳朵和尾巴，顯得毫無生氣。

許多居民都感受到常勝冠軍利新的消沉，畢竟連輸兩次，還是輸給一隻三腳狗，但他們又難以克制地為黑炭開心。

從來沒有聽過只有三隻腳的狗，竟然可以贏過四肢健全的任何動物啊。這可是有史以來的創舉，居民們迫不及待地想包圍黑炭，摸摸牠的頭，沾點冠軍光芒。

「等一下。」

眼見混亂中，競賽三人組悄悄準備離開了，佳瑾趕緊開口喊住他們。

「你們應該跟黑炭道歉。」

「你在說什麼？」利新眼神閃過一絲不安，但馬上恢復鎮定。

「當然是你們誘拐綁架黑炭的事啊！」佳煦衝到他們面前，擋住去路。

「你們在說夢話喔？」

競賽三人組不屑的推開兩個小傢伙，但不知何時，佳永也已經突破人群，站到了他們面前，來勢洶洶地瞪著他們。

「真相只有一個。」佳瑾推了推眼鏡，一臉冷靜的表示。

佳永盯著小弟，腦中突然出現了一段知名旋律，小弟好像動畫中，那個看似小學生的名偵探喔，連推眼鏡的動作都很像。佳永忍住不對弟弟豎起大拇指，此刻可是佳瑾大顯身手的重要時刻。

「……你們到底在說什麼？」

「當然是說你們的綁架手法已經被破解了，」佳煦雙手叉腰，兇悍的說。

「現在就要你們乖乖道歉。」

「哼，聽不懂你們在說什麼！」黑熊不屑地回道。

「那就不要怪我們了。」佳永示意佳瑾開始解謎吧。

收到姊姊的指示，佳瑾點點頭，將先前一同整理的線索一一報告了出來。

「黑炭比起普通的狗兒，對求救聲的反應更敏銳，你們就利用黑炭的這個特性，先將求救聲錄了下來，然後趁姊姊被困在人群時，在近處撥放錄音，黑炭聽到了，想帶姊姊去救人時，你們又故意將錄音拿得更遠，讓黑炭在沒辦法引起姊姊注意的情況下，不得不直接前往聲音的方向，你們就這樣一路將黑炭引到人煙稀少的地方，順利誘拐了牠。」

利新的臉色刷白，一旁的森鼠與黑熊也瞪大了眼。

「上一次，為了不讓黑炭逃跑，你們還把牠困在洞裡。那這次你們打算怎麼做？直接把黑炭推到山下嗎？」講到這裡，佳瑾語氣冷靜，卻已咬緊牙根，雙手握拳。佳昫更是被佳永緊緊抱住，否則早就衝向前使出頭槌了。

利新臉色蒼白，沉默不語。

「說……說的跟真的一樣，」黑熊結巴了起來。「如……如果是那樣，那黑炭不就又跟上次一樣走失了？可是並沒有啊，牠不是好好的在你們身邊嗎？」

「對啊，自己的狗沒訓練好，就隨便怪人，」森鼠也趕緊說：「我們要回去了！」

他們推著臉色泛白的利新，準備逃離現場。

「利新！」佳永趕緊叫住他：「敢做敢當，你不敢承認，那你就是個懦夫，卑鄙小人！」

「你們……有證據嗎？」利新終於開口了。

他的臉色如此蒼白，佳永差一點就打算放過他了，但不行，黑炭的傷得要討回公道。

「看看你們的手和腳吧。」

三人組有默契地低下了頭。

三個人的手和腳上都有著一點一點的小紅點，分散在四肢各處，還有一些在手掌上，紅點只比針孔大一點，不仔細看還看不太出來。

「欸？這是？」

第十章　被遺忘的約定

三個人一臉莫名，利新緊盯著黑炭，眼尖的他終於發現，黑炭那造型可愛的新項圈上也沾滿了一個個鮮豔的小紅點，小紅點還蔓延到了利新的手機上，彷彿是兒時偷吃糖漿留下的痕跡。

利新神色難看，他已經猜到證據是什麼了。

「我們在黑炭的項圈裡加了特殊顏料，」佳煦得意的說：「只要摸過黑炭的人，就都會沾上這些小紅點。」

黑熊和森鼠表情驚恐，直覺搓著手想擦掉紅點。

「如果你真的沒有綁架黑炭，那把你的手機拿過來，我們看看有沒有錄音就知道了。」

「不用了，是我……」

「利新，」黑熊緊張地打斷他。「他們才不能隨便看你的手機咧。」

利新內疚的低著頭。「沒關係啦，都這樣了，我們……綁架黑炭的是我……」

佳永意外地看著利新，她想過好幾個可能性，就是沒想到利新會坦率地承認，還承擔起了全部責任。

「如果不是你們的關係，黑炭就不會只剩三隻腳了！」終於水落石出，佳煦再也忍不住了，她憤怒的吼著，跳到利新面前，用小小的粉拳攻擊他。

利新面露愧色，閃也不閃。

「你把黑炭的腳賠來！」

「我會賠黑炭的醫療費用……」

「現在說這些有甚麼用？」佳煦哭著說：「就算還能走路，黑炭一樣少了一隻腳……」

「不然妳想怎樣？」黑熊氣急敗壞的說，「我們都說會賠錢了。」

「這不是錢的問題。」

「難道要賠腳？不過就是一隻狗，這也太不講理了吧？」

「就要你賠腳，起碼賠一隻阿旺的腳，讓你們每天守在牠身邊照顧牠，讓你們也嚐嚐那種心痛的感覺！」佳煦彷彿復仇之神，竟說出了連她自己都後悔的話。

「妳還是不是人啊？」森鼠不可置信的質問著。「那又不是故意的，我們也很難過啊……」

第十章　被遺忘的約定

「都別吵了……」

佳永被吵得頭都痛了，她的本意是希望競賽三人組好好反省，並且承諾再也不會傷害黑炭，她可一點都不想看任何動物或人受傷了，何況是溫柔的阿旺。

試圖阻止這幼稚的爭吵時，佳永突然注意到，無辜的阿旺乖巧地趴在原地，孤寂的看著遠處。跟隨著阿旺的眼神，佳永才發現少了一個人。

「利新呢？」

在他們爭執的時候，不知何時，利新已經默默離開了會場，隱約見到他的背影又遠又小，落寞地走向山的那一方。他竟然將最愛的阿旺留在原地，一個人獨自離開，是腦袋壞掉了嗎？

黑熊和森鼠呆愣在原地，盯著那背影看。

「不過就是一隻狗，有必要把話說得那麼難聽嗎？」

回過神來的他們趕緊牽起被留在原地，一臉無辜的阿旺，加快腳步跟了上去。

「姊姊！」佳煦哭著抱住黑炭，感覺到佳煦的憤怒，黑炭伸出粉紅色的舌頭，為佳煦洗臉。「你看他們啦！」

佳永強忍著無奈，沒想到三人組這麼無恥，也沒想到利新竟然就這樣落跑了。她拍拍佳煦的肩膀。「起碼他們不敢再對黑炭出手了，改天我們和爺爺到利新家去，跟他媽媽討論賠償的事。」當然，她也會額外找時間多送三人組幾拳，讓他們再也不敢找她家人的麻煩。

雖然結果不如預期，但佳瑾和佳煦只好點頭，無奈地接受了提議。

那比想像中還要空虛的對峙結束後，他們收拾好東西準備回家時，突然一陣天搖地動，佳瑾和佳煦緊張地靠了過來，緊抱著佳永，黑炭更是蹲低身軀，緊偎在腳邊。

在場的人都面面相覷，這不知道已經是近來的第幾次地震了，大家都顯得有點驚訝但又習慣，鎮定地在空曠處等待搖晃過去。

好不容易大地恢復了平靜，逗留在廣場的居民也再次移動了起來，佳永他們平復心情後，突然有人影衝了出來，再次擋住了他們的去路。

是一臉狼狽的黑熊和森鼠。

佳永訝異地舉起拳頭，準備伺候他們剛才決定的幾拳。

第十章　被遺忘的約定

「許佳永，」黑熊氣喘吁吁地說：「你一定要幫我們！」

佳煦一臉凶狠地瞪著這個剛剛說黑炭不過是一隻狗的大個子。

「都是因為你們的關係……」黑熊一反平時狡詐的模樣，聲音哽咽：「利新現在一定很難過……」

「什麼因為我們的關係，」佳煦不悅地反駁：「我們才要難過，你是做賊的喊抓賊嗎？」

森鼠趕緊分開兩人，打斷爭執。「先別吵了，」他轉向佳永，哀求著說：「許佳永，利新不見了，我們到處都找不到他，他好像跑到連阿旺都找不到的地方了……剛剛不是有地震嗎？」黑熊一臉恐懼：「我們怕……如果他掉下去了怎麼辦？」

佳永聽了，愣了一下，接著也緊張起來。

黑熊說的掉下去，指的是掉下山谷。

他們當地人通常都能熟練地避開易滑地段，但有時也會有人因為類似剛剛的突發地震，而不慎摔落山崖，那就要出動人力搜救了。

「我知道了，黑炭……」

「姊姊，不要幫他啦，因為他們的關係，黑炭才會受傷，而且他們還不道歉！」

「我們真的不知道會害黑炭截肢啊……」森鼠焦急的說：「我們只是太不甘心了，想整一下你們……我們馬上道歉，對不起、對不起、對不起……」

黑熊見狀，也趕緊彎腰鞠躬。「對不起……」

佳永也知道，就算要他們道歉，黑炭的腳也不會長出來，而且當事者黑炭也沒有對三人組怒目相向，道歉只為了平復他們三姊弟的痛苦，黑炭只是他們彼此間的怨恨的受害者。

「那你們還敢再傷害黑炭嗎？」這點一定要說清楚，對他們姊弟有怨言，就衝著他們來吧，絕不能殃及黑炭。

「絕對不會了，利新本來就反對，實在是我們太氣不過黑炭出風頭，才想給你們一點顏色看看……」

「也不會再找我們的麻煩了？」

「不會、不會！」

佳永看黑熊和森鼠難得有誠意的樣子，終於接受了道歉。

第十章　被遺忘的約定

「我相信你們，」佳永說：「我知道你們不是故意的，佳煦，現在情況危急，我們先幫忙找到利新吧。」

佳煦勉為其難的點點頭。

「好，我們和黑炭一起往山那邊，你們帶著阿旺往城那邊，半個小時後，電話連絡。」

眾人點頭，依照佳永的指示分散了開來。

◆

當黑炭左彎右拐，好不容易領著三姊弟找到利新時，利新被困在一個坍塌的泥洞裡，泥洞約有兩公尺深，受限於高度和腳傷，利新正處於求救無門的絕望狀況。

蹲在諾大的泥洞前，佳永莫名的不安起來。

不管是利新或他們，都從小就對山裡很熟，卻從來都沒看過這麼多大洞，更不要說會被困在洞中了。按照往常，利新絕對不會掉進這種地方，為什麼這幾個星期以來，黑炭和利新卻紛紛被大洞困住了，還都是不同地點的洞穴。這些洞穴哪來的？是利新挖的嗎？

「許佳永，不用妳來救我。」利新抱著受傷的腳，口氣僵硬的低吼著。「你們是來嘲笑我的對吧？妳一定也很恨我害黑炭受傷，我不用妳假好心。」

這是惱羞成怒吧，佳永能理解，如果換作是她，也會因為被困在自家後院而羞憤難耐的。

她無視利新的憤慨，利用背包中的登山繩垂降進了洞穴中。

但佳煦和佳瑾聽了，卻氣得牙癢癢。

「姊姊一聽到你失蹤，就快點幫忙找你了，你怎麼還說姊姊壞話？」

佳煦邊幫忙準備醫藥包，邊努力克制自己不往洞裡踢石頭，狠狠砸破討厭鬼利新的腦袋。

「妳就是這樣，什麼都妳弟妳妹的，為了妳弟妳妹，妳還隨便違約，妳有想過被背叛的人的感受嗎？」或許是臉已經丟光了，利新開始數落起佳永來。

佳永蹲在洞壁前，一臉莫名。她示意利新踩上她的背。

「我背叛了誰？」

第十章　被遺忘的約定

明明說不需要救的利新，掙扎了一會兒，還是乖乖踩上了佳永的肩膀，他一臉受傷的模樣。「妳不記得那時的約定了？」

佳永眨了眨眼，約定？啥時？

明明踩在佳永肩膀上，利新還是有辦法理直氣壯，他憤恨的說：「我們明明約好，要一起努力參賽，結果妳卻為了弟弟妹妹，從此不參賽，連現在參賽都還是為了弟弟妹妹，妳這叛徒！」

佳永的記憶清晰了起來。「那是八歲時的約定啊！」

「八歲又怎樣？」利新義正嚴詞的說：「妳會因為妳妹或妳弟年紀小，就不遵守和他的約定嗎？」

他說得有道理，年紀小從來就不能是爽約的理由，佳永心虛了。「……你說的對，是我不好……」

「那也不能怪黑炭啊，剛剛黑熊和森鼠已經道過歉了，你咧？」佳瑾才不管利新和姊姊有什麼過節咧，傷害黑炭就是不對。

換利新心虛了。

「我真的沒想到會害牠截肢，我只是想嚇嚇你們而已，對不起……」

「而且你還想再來一次！」佳煦也氣得牙癢癢。

利新的頭低的不能再低。他的確受不了佳永的風光，竭盡所能地想整她，童年的約定被輕易忘記或許是起因，但一想到自己長年的鋒頭被佳永和黑炭奪走，他就恨得牙癢癢，或許……對佳永才華的忌妒才是他這次設陷阱破壞的主因。「我……真的很抱歉，對不起……」

佳永面色凝重，利新誠實的態度讓她寬慰許多。佳永看著黑炭始終如一的閃亮眼神，做出了決定。「快點上去吧。」

佳瑾和佳煦雖然還是憤怒，但還是把手伸向了利新，三人終於合力幫利新脫困了。

利新的腳被樹枝劃的鮮血淋漓，他滿臉痛苦。

「你活該，掉進自己挖的大洞。」佳永毫不同情地說。

「我怎麼可能挖這麼大的洞？」利新又恢復精神，齜牙裂嘴的擠出聲音反駁。「這些洞原本就有了，我只是利用了而已……」利新越說越小聲，他愧疚地看著黑炭的義肢。黑炭目光清澈的回望著他，更令利新羞愧難當。

「怎麼可能，什麼時候坍出了這麼大的洞？」佳永不屑的說：「如果這洞是天然的，那這整座山不就隨時要塌了？」

「對啊，不要以為說這種謊有用，包括黑炭的醫療費，這個洞的填補也要算在你頭上。」佳瑾理智地說。老師有說過，盜挖山坡地可是重罪呢，他們才不打算輕易原諒利新呢，該負多少責任就要通通付清。

「我就說不是我了……」

一陣比先前更大的地震，伴隨著遠處傳來的巨響，打斷了他們的爭辯。

包括小腿還留著暗紅色血漬的利新，齊心協力扶著他的三姊弟，眾人面面相覷，露出驚恐的表情。

地震結束時，黑炭豎起耳朵，一臉警戒地看著烏雲密布的山城方向。

我家也有
狗英雄

第十一章

瓦礫堆上

黑炭垂著耳朵，拉長了脖子仰天長嘯，遠方陸續傳來其他犬族的回聲，此起彼落，陰森異常。

他們好不容易齊心將利新拉起，就在利新即將脫困的最後一刻，佳煦表情尤其猙獰，她可是用盡全力忍耐，才沒有將利新踹回洞裡。

脫困的利新不僅劃破了小腿，還扭傷了腳，腳掌腫的跟饅頭一樣大，雖然他一再忍耐，但斗大的汗珠還是出賣了他的痛苦。

在不敵佳永的堅持下，利新一臉羞愧地趴在佳永背上，讓她揹著。要是被人看到，他乾脆一頭撞死算了。

感覺背上的利新僵硬難堪，佳永有點幸災樂禍，誰叫他平時傲慢臭屁，但總算忍住了沒有笑出來，畢竟現在不是開玩笑的時候。從小在山城裡長大的他們，從沒碰過這麼詭異的天氣和地鳴，不僅是她，身旁的佳瑾和佳煦也繃緊了肌肉，一臉嚴肅緊戒著。

天空烏雲密佈，他們離開了山道，在他們面前的，卻是龜裂的柏油馬路，路旁有落石崩塌，堵住了一條條原本可通的路，他們震驚又不解，小心繞過了崩裂的山路，總算走到通往城內的車道。如果不是看見熟悉的路標，他們還以為穿越了時空，來到了地獄入口呢。

「這邊就可以了，我可以自己走……」

佳永心情沉重，已經沒有興致奚落利新。她點頭，輕手輕腳地放下利新，和佳瑾一人一邊，撐著利新前進。四個人蹣跚的沿著車道而行，總算到了山城邊緣的診所。林阿婆應該已經回到家了，原本今天休診，但只要阿婆在家，她隨時都願意接受病患。

阿婆在家。阿婆的豬也在家。

肥寶貝顯得心煩意亂，一再地在院子裡打轉，不時地用身體摩擦圍欄，將鐵製的欄杆蹭的乒乓響。黑炭小跑步來到小豬身邊，和小豬互舔，讓小豬稍微安定了些。

阿婆一手提著出診包，一臉憂心的看著山城的方向，她正關上院子的圍欄，準備動身進城。

「阿婆，」佳永趕緊喊住她。「利新受傷了。」

阿婆一看到四個孩子渾身泥汙，而髒得最徹底的利新，小腿包著的毛巾還滲出血絲，趕緊又打開院子的圍欄。

「快點進來。」

他們跟進屋內，不安的坐在開放的診療間，看著阿婆手腳俐落地為利新消毒包紮，又指示佳瑾拿冰枕為利新的腳踝冰敷。

「腫得很大啊，」阿婆推了推老花眼鏡，擔憂地說：「這要到山下去照X光，看看骨頭的狀況如何，會比較保險。可是電話不通了……」

佳永當機立斷。「佳煦和佳瑾，我們快點回去通知王媽媽。」

「我也跟你們一起……」

「小新，你留在這裡等。」

阿婆都開口了，利新只好乖乖閉嘴，低頭默許。

「利新，我們會盡快告訴你媽，你好好休息。」

利新滿臉不願，但還是點頭了，並努力擠出了一句話。「謝了。」

佳永給了他一個爽朗的微笑，帶著黑炭和弟弟妹妹，匆匆往家的方向而去。

◆

第十一章 瓦礫堆上

他們來到城裡時，被眼前的景象嚇的忘了把嘴巴合上，一時只能呆站在馬路中央，不知所措的瞪著前方。

眼前是城裡的主要道路，雖說是主要幹道，但寬度其實只夠兩輛車會車，現在裂開了，那可是好幾年前，山城好不容易爭取到經費維修的柏油路啊。剛鋪好柏油時，他們一票小孩還開心地在馬路中央跳舞，而現在，柏油龜裂的花紋彷彿撕破的報紙，將山城繁榮的象徵撕裂。

路旁的籬笆樹都倒下了，交通號誌也歪了，看到山城變成了殘破的模樣，佳永的眼眶都濕了，雙腳不住地顫抖。怎麼會這樣？到底發生了什麼事？

她腦袋一片空白，直到黑炭舔了舔她的手背，她才回過神來。

「黑炭……」

佳永打起精神，喚醒跟自己一樣嚇傻了的弟弟妹妹。「現在不是發呆的時候，我們快點回家。」

他們穿過城裡，沿路看到熟識的居民們大都平安，一臉驚恐的收拾著破碎的物品，佳永一心想著此時應該在家中的爺爺，他們飛奔回家時，院子的門已經掉了下來，斜躺在地上，還沒看到爺爺的身影，又是一波餘震，佳永慌忙緊抱著弟弟妹妹蹲下，餘震總算過去了，他們慌張奔進屋內。

「爺爺！」

「佳永……」

虛弱的聲音從廚房傳來。

「爺爺！」

爺爺斜躺在廚房桌下，旁邊散布著摔壞的碗盤。

「我沒事，只是剛剛又有餘震，我就躲在桌下……」

佳永攙扶著爺爺坐到椅上。

「不幸中的萬幸，大部分居民都參加了秋季競賽，只有少數的人留在城中，」爺爺疲倦地說。

「爺爺，那之前的巨響呢？」佳永緊張地問。

地震不是沒有過，但從沒聽過這麼大的巨響，好像天地裂開了一樣。

爺爺困惑地搖頭，老邁的臉上寫滿恐懼。「我也不知道，從來沒聽過那種聲音……你們知道利新在哪嗎？王太太在找他……」

看來大部分的人都在尋找親友，互相確認安危。佳永這才想起他們趕回來的目的。「利新在阿婆的診所裡，他腳受傷了……」

「佳永，」鬍子叔叔突兀的衝了進來，打斷了他們的對話。「總算找到妳了。」

爺孫四人瞪大了眼，盯著才過了一下午，突然變得滄桑、渾身塵灰的攝影師。

「老許，飯店那邊需要佳永和黑炭。」

佳永不解的回瞪著他，叔叔被砸昏頭了嗎？飯店哪有需要他們的地方？

爺爺卻馬上點頭附和。「佳永，快去，王太太就交給我們。」

此刻最需要她的，就是一雙弟弟妹妹和年邁的爺爺。

佳瑾和佳煦竟也跟著狂點頭。「姊，妳快帶黑炭過去！」

「不行，我不能留你們在家裡，如果還有地震發生，誰來照顧你們？」

她得要保護弟弟妹妹，幫他們擋掉掉落的碎石啊。

「姊，我們可以照顧自己。」

「姊姊，快去啊，現在是最需要妳和黑炭的時候。」

「姊姊！」

在佳瑾和佳煦堅定的眼神下，佳永終於退讓了。

她只好點頭，困惑不已的帶著黑炭與家人分別。

◆

佳永跟著鬍子叔叔來到山城邊緣的溫泉飯店區。還沒抵達，遠遠的就看見那區煙塵四起。佳永注意到，城裡沒有大礙的人，都逐漸往飯店那頭跑去了。

城中有許多人的親友都在飯店工作，雖然正值飯店別館整修期，但還有工人和值班的人在。

「鬍子叔叔，到底發生什麼事了？」佳永邊跑邊問。

「山崩了。」

佳永愣住了，瞪大了眼看著鬍子叔叔。

鬍子叔叔表情凝重，開始解釋起來。「看來是因為飯店超抽地下水，山坡的地基變得很脆弱，這塊土地本來就常有地震，最近又特別頻繁，就這麼把挖空的山坡地震掉了，山垮了，上面的建築物當然也都塌了，有些人被……」

活埋了……？所以才需要她和黑炭？

「……現在需要救難犬搜救，妳和黑炭是最厲害的，你們一定可以找出所有被困在下面的人。」

佳永臉色泛白，沒想到自己一瞬間的猜測是真的。

◆

當他們總算沿著滿地碎石的山路，抵達原本是飯店別館的所在地時，看著眼前的景象，佳永愣在原地，只覺得反胃想吐。

眼前，是一棟棟傾倒的建築物，四處散亂著許多殘破的瓦礫、破碎的木頭與各種家具，已經看不出建築物原本華麗風光的模樣，支撐著山城數十年榮景的象徵，就這樣崩塌了。

有些人滿臉塵土，驚魂未定地坐在地上。有些人在殘破地瓦礫堆上搜尋失蹤的人，鄰人們熟悉的語調與名字，聲聲呼喚聽來令人心碎。人們在碎瓦上焦慮亂搜，狂亂翻挖，無奈效果不彰，只是亂槍打鳥浪費力氣。

一旁的黑炭已經豎起耳朵，眼神凌厲，神態專注。

「佳永……」鬍子叔叔艱困的說：「雖然對妳來說可能很……殘忍，但還是請妳帶著黑炭，加入搜索吧。」

佳永振作起精神，顫抖地看著到處是傷患的現場，她將驚恐的情緒推到一旁，想起了在災區服務的爸媽，他們是不是也經常要面對這種人間煉獄？那她作為爸媽的孩子，就不可以慌張。

「我知道了……」

她想起了佳瑾和佳煦。每一次，當佳瑾和佳煦發生意外時，她都必須面對從未處理過的狀況，每一次在感到害怕之前，她的身體就會先行動起來，先行解決狀況，她從沒想過照顧佳瑾和佳煦的每一天，竟然可以成為她此刻快速克服恐懼，迅速行動的原因。

佳永深吸一口氣，指引黑炭開始搜索。

每當黑炭在定點停下時，牠就會大聲吠叫，吸引佳永的注意力，而在那殘堆破瓦上，也只有年輕力壯的佳永跟得上黑炭，一馬當先呼喊眾人前往，並用鬍子叔叔給的小旗子做記號。

佳永一次又一次跟著黑炭，只怕動作太慢，錯過了寶貴的救援時間。

在這瓦礫堆中，不時會有喀拉、喀拉的怪聲響起。

佳永納悶地四下搜尋，這才發現黑炭的義肢又卡進了石縫裡，牠焦急地想拔出來，卻一再撞上碎石，那怪聲是金屬義肢發出碰撞的聲音。

佳永心疼的不得了，她怎麼沒想到黑炭的情況呢？她趕緊將揹帶拿出來。

「黑炭，上來。」

黑炭似乎鬆了一口氣，乖乖爬上佳永的背，並開始以吠叫的方式，引導佳永向被救援者的地方前進。

佳永揹著黑炭，發展出彼此獨特的搜索方法，默契十足地迅速標誌了被壓在殘瓦下的人，連已經昏迷、無法呼救的人也被黑炭找了出來，通知居民拯救。

◆

過了許久，佳永發現身邊出現了其他救難犬。

「佳永，」鬍子叔叔跨過混亂，拿著一份潦草的筆記走來。「這是剛剛拿到的名單，你們倆幾乎找到了大部分的人，現在已經有其它救難犬來了，你們休息吧。」

好在工頭與老闆都只有輕傷，在他們的提供下，終於掌握了失蹤名單。

佳永瞄了瞄名單，只剩幾個人，她環顧現場，到處都是傷患，但也多了許多醫護人員，而城中厲害的名犬也都出現了，正賣力搜查著。

佳永抹去滿頭的汗水，黑炭趴在她背上喘氣，前腳就搭在她肩上，他們倆都累了。

「知道了。」

佳永帶著黑炭來到臨時救難所，安頓牠喝水休息，並幫黑炭取下義肢，盡可能地為牠按摩起來。

她的腦袋終於有空思考了。

她現在明確的瞭解到，自己從小長大的故鄉被毀了。可悲的是，毀滅故鄉的，正是他們自己。

第十一章 瓦礫堆上

每個居民都渴望著飯店開發再開發，擴大再擴大，當飯店別館預定要擴建時，居民大多舉雙手贊成，尤其許多居民可以承包工程，增加收入。他們開挖了山坡，鋪設了馬路，建設與發展是如此的美好，他們沉浸在發財的喜悅中，刻意忽視掉那些開發，每一寸都挖在山的血肉、骨頭與肌理上，一段一段破壞掉山的組織，挖空山的地基，最終，山崩塌了。

佳永終於哽咽起來，原先壓抑的悲慟和惶恐都浮了上來。

她雙手不住顫抖，黑炭嗚咽著將頭靠在她身上，試圖平撫那悔不當初的悲痛。就跟他們讓黑炭受了傷，被迫截肢一樣，她與她的同類，還要傷害多少自然與物種，後悔多少次才能學會教訓？

當太陽逐漸西下時，情緒穩定下來的佳永注意到，新的騷動開始了。

「叔叔？」佳永在混亂中找到了鬍子叔叔。「怎麼了？」

鬍子叔叔更憔悴了，焦慮地抓著凌亂的頭髮。「應該還有一個人……」

在幾乎被他捏爛的名單上，還剩下一個名字沒有做記號，

還有一個人……距離事發到現在，已經過了好幾個小時了……

有個所有救難犬都找不到的人，大家都像發瘋了般焦急。

可能……已經斷氣了……

「叔叔，我和黑炭也來幫忙！」

佳永再度揹起已經拆掉義肢的黑炭，義無反顧投入搜救。

他們的故鄉毀了，但起碼人一定要平安，人活著，就有希望重建山城。

天色昏暗前，灰頭土臉的佳永與委靡的黑炭，在鍥而不捨的搜尋下，終於找出了最後一人，救護人員趕緊開挖，救出已經失去意識的居民。

他倆總算鬆了一口氣，緊繃的精神鬆懈了下來，佳永這才將黑炭放下，黑炭試圖用三隻腳站穩身體，緊靠在佳永身旁，倆人在橘黃的夕陽下，依靠著彼此。

當前來支援的佳瑾和佳昫抵達時，就看到他倆互相依偎著。

三腳狗和女孩坐在瓦礫堆上，身影映襯著夕陽餘暉，閃耀著柔和溫暖的光芒。

第十二章 許家的英雄

佳永推著行李走出機場，深吸了一口故鄉熟悉的空氣。

她今年二十八歲，許家三姊弟之中的老大，國際救援組織成員，長相清秀、身材高挑、腦袋機靈、身手矯健……，跟同事們相比，她擁有的各種條件都可說是令人羨慕的，只除了一點以外……唉，她親密的夥伴動物已經超高齡了，隨時都有可能蒙主恩召。

許家雙親是無國界醫生，佳永追隨父母的腳步，也獻身世界各地的災區。

童年時的她，為了成為自己心中的好榜樣，一再將弟弟妹妹和黑炭都綁在身邊『保護』，讓自己和他們都無法自由成長。在經歷了許多意外後，佳永才了解到，想做一個好榜樣，只要誠實做自己就行了。

她的興趣是登山攀岩、運動、照顧弟弟妹妹和黑炭，還喜歡幫助別人和痛扁找她家人麻煩的傢伙們。最後一項興趣因為年齡增長，痛扁的手段逐漸用溝通取代。

她慶幸地發現，她的『好榜樣』也成功鼓勵了弟弟妹妹，盡情發揮自己的長才。

佳瑾嚴謹又擅長思考，他立志成為醫生，加入與父母相同的國際組織，正在醫學院苦讀。佳煦充滿創意又熱情奔放，師承鬍子叔叔，現在是自由攝影師，經常為了拍出絕美的照片鋌而走險……而她帶著黑炭全球趴趴走至今，已讓十五歲的黑炭成為救難犬界的傳奇。

黑炭雖然只有三隻腳，卻救人無數，只要黑炭現身災區現場，人們一看到那著名的義肢標誌，就備受鼓舞，而牠和佳永的默契，更是令無數救難團隊佩服。

但傳奇也無法克服歲月的無情。

近年來，黑炭越來越常被佳永揹著救災，在百般考慮後，佳永決定和黑炭一同度過最後的時光，為了讓黑炭好好休養，佳永申請了長假，帶著黑炭回到山城老家。

在滿是旅人的機場，她和黑炭等了又等，卻遲遲等不到預定要來接機的佳煦。

該不會是發生意外了吧？還是充滿正義感的佳煦又跟人起衝突了？佳永擔憂弟弟妹妹的老毛病又犯了，她正想跳上一台最近的計程車，衝向警察局詢問附近是否有發生交通意外時，手機響了起來，正是佳煦來電。

「姊姊，」佳煦可憐兮兮的聲音從電話那頭傳來：「我為了拍山谷，不小心跌倒了，現在腳上打著石膏……」

跌到要打石膏，那不是很嚴重嗎！佳永緊張地邊走邊伸手招計程車。

「我馬上搭車回去。」

「等等，我另外找人去接妳了。」

誰？爺爺和鬍子叔叔去環島了，佳瑾還在醫學院念書，父母在國外，還有誰會來接他們？

不遠處，一張眼熟的面孔向她走來。佳永看著來人，露出恍然大悟的表情。多年前救起利新後，利新就在佳煦面前抬不起頭來，加上曾經陷害過黑炭的內疚心態，從此成為佳煦最常使喚的『好友』之一。

誰想的到原本勢不兩立的兩人，多年後可以發展出這樣『真摯』的友誼呢？佳永俯視著即使成年了，依舊矮自己一個頭，頂著清秀娃娃臉的老友。

「許佳永。」利新向她點了個頭，算是打了招呼，並沒有任何久別重逢的寒喧，就領著她和黑炭上車了。

為了陪伴黑炭，佳永和黑炭一起坐在後座。黑炭的頭放鬆的靠在佳永腿上，一派愜意的模樣。

看到佳永和黑炭關係還是如此緊密，利新默默地佩服著。

和佳永獨愛黑炭不同，多年前阿旺過世，利新成為專業的工作犬訓練師，每隻小狗都是他的寶貝。他分辨狗兒個性的眼光獨到，有些狗兒適合當救難犬，有些適合訓練成緝毒犬，有些是服務犬，還有些適合當教學犬。而多年前導致黑炭截肢的意外，一直讓利新耿耿於懷，還因此成立了環保社團，定期上山維護環境。

黑熊與森鼠依舊是利新的好友。過去的競賽三人組已經成為大會的負責團隊，對競賽的狂熱沒有因時間而變淡，反而延伸成了專業企劃人員，持續為災後的山城規劃活動。

十五年前的山崩，造成了多名居民輕重傷，大量財物損失，老字號的溫泉飯店也歇業了，許多居民經濟窘困，現在還在緩慢地重整房子，山路競賽還因此停辦了好長一陣子。

山崩過後，許爺爺和鬍子叔叔四處奔走，才重新舉辦起山路競賽。而利新三人組更是利用網路科技，將山路競賽發揚光大，現在的競賽，已經逐漸成為國際知名賽事，振興了災區的觀光。

上山的路途遙遠，利新趁機代表大會轉達訊息給佳永。「我們想邀妳和黑炭，出席這次的山區競賽。」

「我想讓黑炭專心休養，就不參加了。」佳永想都沒想，立刻婉拒了。

利新停頓了一會兒，似乎在想要怎麼說服她。他最後嘆了一口氣，決定說出從不想說出口的話。

「許佳永，妳應該不知道，以前念書的時候，學校裡的每個人都崇拜妳。不管是男生還是女生，大家都想要跟妳你一樣，爬得那麼高，跳得那麼遠，那麼會照顧弟弟妹妹，又把黑炭訓練的很好，最後還救了那麼多人。」

佳永的確不知道這些事，她全部的心力都只放在弟弟妹妹和黑炭身上。她驚訝的聽著利新說的話，那個利新正在讚美她？

「你們是真正的英雄，」利新用細的幾乎不可聞的語氣輕聲說道。「妳和黑炭參賽，對城裡有特殊意義。」

她呆了一會兒，確定自己沒聽錯後，輕笑起來。

她用爽朗地聲音回道：「我就是個山上的野孩子，你們三個人做了更多事，還重建起山裡的觀光，你們才是當之無愧的英雄。」

「哈哈，我們就不要互相客氣了，怪彆扭的。」見到佳永以來，利新第一次露出笑容。「既然放長假了，待在老家的這段時間，妳這國際英雄要不要跟我們本土英雄合作，到學校辦些講座，介紹黑炭給大家認識？妳和黑炭的故事一定可以激勵孩子們。」

利新的建議讓佳永認真思考起來。

她可以嗎？她有跟父母一樣，成為好榜樣了嗎？

回想自己這幾年，她忠於夢想，勇敢從困境中學習，支持家人也讓自己被支持，如果她能被稱為英雄，也是因為家人支持她去做喜歡的事，是她的爸媽、弟弟妹妹、爺爺，還有最重要最重要的黑炭成就了現在的她，如果她有機會可以站上講台，影響其他的孩子，首先一定要他們也忠於自己的夢想，再和家人互相支持。

她又想到自己在外漂泊許多年，看見了無數或悲傷或動人的故事，有些振奮人心，有些只有絕望，就跟當初她和黑炭在自己故鄉的瓦礫堆中，盡力搜尋被救援者一樣悲傷無奈，她還真的有好多事想分享呢。

「聽起來滿有趣的，不過我得先跟黑炭商量一下，你知道的，黑炭才是做決定的那位吧？」

利新完全理解，對他們這些狗奴才來說，汪星人才是真正的主人。

「黑炭，你覺得我們要先做哪個好？是先推廣愛護動物的觀念呢？還是宣傳環境保護呢？還是為國際難民募款呢？或者是幫性別平權發聲？」

黑炭在後座躺平，露出小腹，用期待地發亮眼神看著佳永。

「我知道了……是先幫你抓抓和摸摸，讓你有個爽快的午睡，對吧？你這撒嬌大王、撒嬌魔王。」

「汪——」

無視利新從後視鏡中投來的揶揄眼神，黑炭愉快的躺在佳永腿上，舒服的伸展著懶腰。

越往山上走，沿途的風景越是翠綠宜人，微風輕拂、草香誘人，待轉過一個又一個彎路，就能看到那熟悉的山城。

他們在回家的路上了，再過不久，三隻腳的狗英雄就可以好好休息了。

勵志學堂 73

我家也有狗英雄

作者 岑文晴
責任編輯 林秀如
美術編輯 姚恩涵
封面設計 青姚

出版者 培育文化事業有限公司
信箱 yungjiuh@ms45.hinet.net
地址 新北市汐止區大同路3段194號9樓之1
電話 （02）8647-3663
傳真 （02）8674-3660
劃撥帳號 18669219
CVS代理 美璟文化有限公司
TEL／(02)27239968
FAX／(02)27239668

總經銷：永續圖書有限公司

法律顧問 方圓法律事務所 涂成樞律師
出版日期 2019年12月

國家圖書館出版品預行編目資料

我家也有狗英雄 / 岑文晴著. -- 初版.
-- 新北市 : 培育文化, 民108.12
面 ; 公分. -- (勵志學堂 ; 73)
ISBN 978-986-98057-5-9(平裝)

863.57 108017288

※為保障您的權益，每一項資料請務必確實填寫，謝謝！

姓名		性別	□男　□女
生日	年　月　日	年齡	
住宅地址	郵遞區號□□□		
行動電話		E-mail	

學歷

□國小　□國中　□高中、高職　□專科、大學以上　□其他______

職業

□學生　□軍　□公　□教　□工　□商　□金融業

□資訊業　□服務業　□傳播業　□出版業　□自由業　□其他______

謝謝您購買 **我家也有狗英雄** 與我們一起分享讀完本書後的心得。務必留下您的基本資料及電子信箱，使用我們準備的免郵回函寄回，我們每月將抽出一百名回函讀者，寄出精美禮物以及享有生日當月購書優惠！想知道更多更即時的消息，歡迎加入"永續圖書粉絲團"

您也可以使用以下傳真電話或是掃描圖檔寄回本公司電子信箱，謝謝！

傳真電話：（02）8647-3660　電子信箱： yungjiuh@ms45.hinet.net

●請針對下列各項目為本書打分數，由高至低5～1分。

	5 4 3 2 1		5 4 3 2 1
1.內容題材	□□□□□	2.編排設計	□□□□□
3.封面設計	□□□□□	4.文字品質	□□□□□
5.圖片品質	□□□□□	6.裝訂印刷	□□□□□

●您購買此書的地點及店名______

●您為何會購買本書？

□被文案吸引　□喜歡封面設計　□親友推薦　□喜歡作者

□網站介紹　□其他______

●您認為什麼因素會影響您購買書籍的慾望？

□價格，並且合理定價是______　□內容文字有足夠吸引力

□作者的知名度　□是否為暢銷書籍　□封面設計、插、漫畫

●請寫下您對編輯部的期望及建議：

★請沿此線剪下傳真、掃描或寄回，謝謝您寶貴的建議！

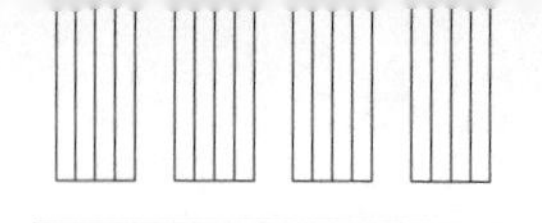

2 2 1 - 0 3

新北市汐止區大同路三段194號9樓之1

傳真電話：（02）8647-3660
E-mail：yungjiuh@ms45.hinet.net

廣 告 回 信
基隆郵局登記證
基隆廣字第200132號

培育

文化事業有限公司

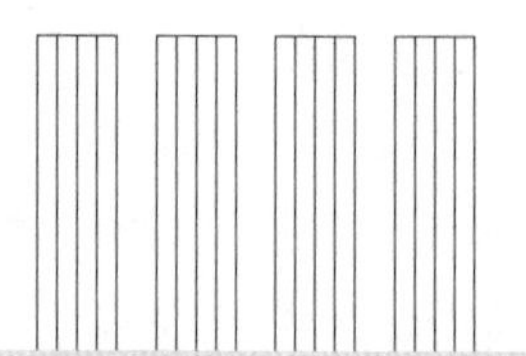

讀者專用回函

我家也有狗英雄

培養文化育智心靈的好選擇